Deseo®

Una mujer perseguida

Anna DePalo

HARLEQUIN®

Editado por HARLEQUIN IBÉRICA, S.A.
Hermosilla, 21
28001 Madrid

UNA MUJER PERSEGUIDA, Nº 1400 - 10.8.05
Título original: Under the Tycoon's Protection
Publicada originalmente por Silhouette® Books

I.S.B.N.: 84-671-3002-4
Depósito legal: B-30124-2005
Editor responsable: Luis Pugni
Composición: M.T. Color & Diseño, S.L.
C/. Colquide, 6 portal 2 - 3º H, 28230 Las Rozas (Madrid)
Fotomecánica: PREIMPRESIÓN 2000
C/. Algorta, 33. 28019 Madrid
Impresión y encuadernación: LITOGRAFÍA ROSÉS, S.A.
C/. Energía, 11. 08850 Gavá (Barcelona)
Fecha impresion para Argentina: 7.6.06
Distribuidor exclusivo para España: LOGISTA
Distribuidor para México: CODIPLYRSA
Distribuidores para Argentina: interior, BERTRAN, S.A.C. Vélez Sársfield, 1950. Cap. Fed./ Buenos Aires y Gran Buenos Aires, VACCARO SÁNCHEZ y Cía, S.A.
Distribuidor para Chile: DISTRIBUIDORA ALFA, S.A.

Capítulo Uno

Allison Whittaker observó al hombre que probablemente estuviera intentando matarla.

Giró las tablillas de las persianas para tener una mejor vista de la oscura calle de Boston que se alargaba frente a ella. La luz amarillenta emitida por una antigua farola de gas libraba una batalla perdida con la oscuridad de la fría noche de abril.

El hombre estaba sentado sin moverse en el asiento del conductor de un coche negro al otro lado de la calle, con la cara en la sombra.

Había estado ahí la noche pasada también.

Ella se había dado cuenta. Era lógico que se hubiera dado cuenta. Cuatro años como abogada de distrito en Boston le otorgaban eso a una persona. Al salir de la escuela de derecho había sido mucho más ingenua.

Un agradable trabajo en un bufete habría sido el próximo peldaño en la escalera. Su familia había esperado eso de ella. Su madre, una respetable jueza que acababa de publicar un artículo en *The Boston Globe*, desde luego así lo esperaba.

Sin embargo Allison los había sorprendido a todos. Había elegido el trabajo de la acusación. Y ni siquiera como una prestigiosa abogada de Estados Unidos enfrentándose a casos federales.

No. Se había metido con el trabajo sucio, apartando del vecindario el tráfico de drogas o los robos como parte de la acusación en la oficina del distrito.

Volvió a mirar al hombre del coche. Por supuesto los sorprendería más aún a todos si apareciese muerta en su apartamento, con el cuello rajado por el misterioso hombre que le enviaba amenazas de muerte.

Contuvo el aliento mientras el hombre se movía ligeramente y abría la puerta del coche.

Cuando salió del coche, ella trató de obtener un mejor punto de vista, pero no pudo ver sus rasgos faciales con la oscuridad. Lo que sí pudo ver fue que era alto, de constitución fuerte, con el pelo castaño y ropa oscura.

Ella observó mientras el hombre escaneaba la calle de arriba abajo antes de dirigirse hacia la casa. ¿Se dirigiría hacia ella?

Se le empezó a acelerar el corazón y sintió dificultad para respirar. «Llama a la policía», le decía su parte racional.

Seguramente los vecinos lo oirían si acaso él intentaba entrar en la casa. Aquel exclusivo barrio de Beacon Hill normalmente era tranquilo y sereno.

El hombre pasó por debajo de una farola y entonces la mente de Allison echó el freno de emergencia.

Conocía aquella cara.

De pronto el miedo fue sustituido por la rabia. Una rabia intensa. El tipo de rabia que cualquiera de sus tres hermanos mayores habría reconocido como señal para esconderse.

Allison se dirigió hacia las escaleras de aquella casa de ladrillo rojo al que llamaba su hogar, ajena al hecho de que estaba vestida para irse a la cama, con un diminuto pantaloncito de seda y una bata a juego. Cuando llegó abajo, dándose cuenta de que aún no había oído llamar a la puerta, quitó el cerrojo y abrió sin más dilación.

–Hola, princesa.

Allison sintió el mismo torrente de energía que siempre sentía en presencia de aquel hombre, que pronto fue sustituida por una corriente de tensión.

Él tenía un físico esbelto pero musculoso, un físico que normalmente hacía que las mujeres se derritieran y se rindieran al flirteo. Pero no ella. Tenían algo más que una historia como para algo así, y ella dudaba seriamente de que su presencia en su puerta aquella noche fuera una mera coincidencia.

Allison se cruzó de brazos y dijo:

–¿Te has equivocado de camino, Connor? La última vez que lo comprobé, Beacon Hill era un barrio demasiado exclusivo para gentuza como tú.

Él tuvo la desfachatez de parecer sorprendido.

–Y tu sigues siendo el mismo diamante perfecto de sangre azul, princesa. Justo como lo recordaba.

–Si sabes algo sobre diamantes, recordarás que son las piedras más duras del mundo.

–Oh, sé mucho de diamantes últimamente, petunia –dijo él tocándole la punta de la nariz con el dedo mientras entraba dentro sin ser invitado–. He descubierto que son el regalo perfecto para mujeres de tu categoría.

Allison se imaginó a Connor eligiendo diamantes para sus novias. Probablemente en un lugar tan exclusivo como Van Cleef & Arpels. Puede que se hubiese criado en una familia trabajadora del sur de Boston, pero, gracias al multimillonario negocio de seguridad que había fundado, su cuenta bancaria había alcanzado los ocho dígitos en aquellos días. Era un magnate por derecho propio.

Allison cerró la puerta tras él de un portazo y echó el cerrojo.

–Como en tu casa –dijo ella. El sarcasmo era mucho más fácil que pensar en él deambulando a oscuras por su casa, sin más compañía que la suya y sabiendo los turbulentos sentimientos que evocaba en ella–. Estoy segura de que encontrarás el momento para decirme qué estabas haciendo estudiando mi casa en mitad de la noche.

–¿Qué te hace pensar que estaba estudiando algo? –dijo él dejando la chaqueta en una silla cercana.

Ella se frotó la barbilla mientras lo seguía al salón y encendía una lámpara.

–Oh, no sé. ¿Puede ser porque llevas media hora metido en el coche al otro lado de la calle con el motor apagado?

Ella observó mientras él miraba a su alrededor. Había fotos por todas partes, incluyendo fotos con su familia, sus amigos y con Sansón, su gato, que había muerto de viejo cuatro meses antes. Se sentía vulnerable y expuesta viendo su vida como en un escaparate en diversas instantáneas.

Se había mudado a aquella casa tras vender su apartamento el año pasado. Su mejor amiga y cuñada, Liz, que era decoradora de interiores, la había ayudado a decorarlo con un estilo elegante que encajaba con la historia de la casa.

–Bonita casa –dijo él mientras se agachaba para observar una foto de ella en biquini en una playa del Caribe, sonriendo a la cámara mientras corría con gafas y aletas hacia el agua–. Te desarrollaste bien, princesa, una vez que dejaste atrás la pubertad.

Ella apretó los dientes. A pesar de que Connor Rafferty prácticamente se había convertido en miembro de su familia desde que fue compañero de habitación de su hermano mayor, Quentin, en Harvard, ella nunca se había sentido cómoda a su lado. Y desde luego nunca había pensado en él como en un hermano.

–¿Por qué estás aquí? Y lo más importante, ¿qué hacías escondido frente a mi casa un jueves por la noche?

Él se enderezó y se metió las manos en los bolsillos, endureciendo su mandíbula.

–¿Te he asustado? ¿Creías que era el cerdo que ha estado enviándote notitas de amor perversas?

–¡No!

Se dio cuenta demasiado tarde que la vehemencia de su negación sonaba exactamente como la mentira que era, pero su mera presencia la había puesto de los nervios. Supuso que alguno de sus hermanos, probablemente Quentin, le habría contado lo de los anónimos que estaba recibiendo.

–¿Qué? ¿No pensaste que te alegrarías de verme?

–Sé realista –dijo ella. De hecho se había sentido aliviada de que fuera él un segundo antes de dejar paso a la rabia–. No has contestado a la pregunta. ¿Qué estás haciendo aquí?

Connor caminó y se apoyó sobre el respaldo de un sofá, estirando las piernas.

–Sólo mi trabajo.

–Sólo... –se detuvo en el momento en que un desagradable pensamiento apareció en su mente.

–Siempre fuiste muy rápida, petunia. He de confesar que es fascinante ver cómo echa chispas esa cabecita tuya. Siempre he dicho que, si hubieras nacido pelirroja, el paquete habría sido perfecto. Pelo rojo a juego con el rojo de tu ira.

–Fuera.

–¿Es ésa forma de tratar al tipo que está aquí para protegerte?

Allison recorrió la habitación y se volvió hacia él cuando llegó a la chimenea. No podía creer que eso estuviese ocurriendo.

–No sé qué miembro de mi familia te ha contratado, Connor –dijo ella cruzándose de brazos–, y francamente, no me importa. Puede que tengas la mejor empresa de seguridad del país, pero aquí ni se te quiere ni se te necesita, ¿Lo pillas?

Apartándose del sofá, Connor se cruzó de brazos.

–Por lo que he oído, diría que sí me necesitas. En cuanto a si se me quiere –se encogió de hombros–... me han dicho que haga un trabajo y lo voy a hacer.

Querer. Aquella palabra resonó en su cabeza,

pero enseguida trató de olvidarla. Fuera lo que fuera lo que sintiera por Connor, aquélla no era desde luego la mejor descripción.

Cierto que, con los ojos color avellana y el pelo corto, parecía un modelo, excepto por la nariz, rota en un par de ocasiones, y la cicatriz que adornaba su barbilla. Pero en su mente todo eso quedaba borrado por el hecho de que fuera tan condescendiente y molesto. Por no hablar de lo que se podía confiar en él.

No lo había visto desde la boda de su hermano Quentin unos meses antes, pero a pesar de que sus caminos no se habían cruzado últimamente, Connor le era tan familiar como un miembro de su propia familia. Por otra parte él no tenía una familia de la que pudiera hablar, puesto que había perdido a sus padres nada más llegar a Harvard. Por lo tanto había pasado casi todas las vacaciones con los Whittaker.

–No hay manera de que puedas hacer este trabajo si yo te digo que no puedes –dijo ella con las manos en las caderas.

–Dado que Quentin sigue siendo el dueño de esto, porque no has cerrado aún el trato con él para comprarlo, yo diría que te equivocas. Así que lo primero que vamos a hacer es asegurarnos de que la seguridad en el piso de nuestra soltera de oro es de primera.

Una vez más, la necesidad de estrangular a Connor Rafferty la poseyó. Cierto, la casa no era suya, pero eso no era más que un tecnicismo. La casa había estado vacía dos años desde que Quentin la había adquirido como inversión, pero ella se había enamorado del piso y le había ofrecido comprárselo. En cualquier caso, no necesitaba un guardaespaldas.

–Si necesito protección, la conseguiré.

–No será necesario –dijo él apretando los labios–, porque pienso pegarme a ti hasta que sepamos quién ha estado enviándote amenazas de muerte y escribiendo obscenidades con spray sobre tu Mercedes.

–Puedo cuidar de mí misma. Te he visto escondido en un coche aparcado, ¿no?

–¿Y qué me dices del hombre que estaba en el coche que había aparcado en la esquina? No me digas que no lo has visto.

No lo había visto.

Él levantó una ceja e interpretó su silencio como la admisión de que se trataba.

–No puedes estar seguro de que tuviera alguna conexión conmigo –dijo ella, y sabía que tenía razón.

–Tienes razón, no puedo. Pero salió de allí disparado como una flecha en el momento en que decidí comprobar mi teoría y salir del coche.

–¿Y no lo seguiste?

–¿Cómo podía estar seguro de que iba detrás de ti? –dijo él atacándola con sus propias palabras–. En cualquier caso, era demasiado tarde para regresar al coche para seguirlo y no pude ver su número de matrícula ni la marca del coche por la oscuridad. Así que decidí venir a tu puerta pensando que, al menos, me daría las gracias la damisela en peligro por haber espantado al malo.

–¿Y ahora que lo has espantado, te importaría espantarte a ti mismo también?

Incluso aunque necesitara protección, podría conseguirla por sí misma. Lo último que necesitaba era un guardaespaldas contratado por su familia sobreprotectora, y menos aún uno tan molesto como Connor.

–Realmente no lo pillas, ¿verdad, princesa?

–Supongo que vas a explicármelo para que lo *pille* –dijo ella viendo cómo Connor se acercaba. Si pensaba intimidarla, iba a llevarse una sorpresa.

–Supones bien –dijo Connor tras detenerse a sólo unos centímetros de distancia.

Allison tuvo que levantar la barbilla para mantener el contacto visual. Debería sentir satisfacción sabiendo que, con lo mucho que él la inquietaba, ella parecía tener la habilidad de molestarlo a él también.

–Trabajar en la oficina del fiscal puede que te haga pensar que eres muy espabilada –dijo él–, pero no lo eres. Lo cual hace que me pregunte por qué no te quedarías con lo que hacen las demás novatas y señoritas de la sociedad por el servicio público. Ya sabes, organizar subastas benéficas y cosas así. ¿Por qué molestarse en trabajar con los tipos duros de la oficina del distrito?

Ella apretó los dientes y trató de tener paciencia.

–Esto no es un hobby. Es una profesión.

Sabía que él había tenido una infancia difícil en las calles del sur de Boston, pero eso no le daba derecho a tocarle las narices por haber crecido con todas las comodidades.

–Has hecho de tu profesión un modo de vivir emociones fuertes, ¿verdad, petunia? Me pregunto por qué es así, y por qué parece que no puedes conseguir lo que quieres con los niños mimados del club de campo.

Ella miró a su alrededor buscando algo que lanzarle, pero entonces decidió que sería una pena malgastar una reliquia contra aquella cabeza dura. Además, estaría jugando a favor de todos los prejuicios que él tenía sobre ella.

–Estás muy seguro de que lo sabes todo, ¿verdad? Excepto una cosa. Que ya no soy una cría de la que te puedes chivar a sus padres.

Él la miró con frialdad. Allison vio que Connor estaba a punto de estallar.

–Sigues sin poder perdonarme por eso, ¿verdad?

Allison arqueó una ceja y trató de ignorar cómo su cercanía despertaba todas las células de su cuerpo.

–No te eches halagos. Decir que no puedo perdonarte implica que todavía me importa lo que ocurrió. Y no es así.

–Sí, y no pareces haber aprendido la lección después de aquello.

–Claro que la aprendí –contestó ella–. Aprendí que no podía confiar en ti.

–Eras una cría de diecisiete años que empezaba a mezclarse con la gente equivocada. ¿Qué creías? ¿Que ese motero del bar se había acercado a ti porque quería llevarte a casa a compartir una cerveza?

–¡Tú no eras mi guardián! –no le dijo que una de las razones por las que había ido al bar aquella noche era la esperanza de que él apareciera. Brevemente, en sus años de adolescencia había tenido lo que algunos llamarían un encaprichamiento por Connor. Pero eso había sido antes de demostrar, mediante la traición, que sólo la veía como una cría.

Aún podía recordar la vergüenza y la humillación que había sentido cuando Connor se la había echado al hombro en el bar y se la había llevado al coche, ajeno a sus gritos y patadas.

Como si eso no hubiera sido suficiente, a pesar de haberle prometido que si se estaba quieta no se lo diría a sus padres, había seguido adelante con ello y la había traicionado. Allison había tenido que soportar un sermón sobre el alcohol y el sexo antes de la mayoría de edad, había estado castigada un mes y, después de aquello, siempre había sido interrogada sobre sus idas y venidas.

–Diría que tú eres tan culpable como yo, Connor, de no aprender lecciones del pasado. Sigues actuando como si fueras mi guardián cuando no lo eres.

–¡Maldita seas! ¿Tan cabezona eres que no aceptas ayuda aunque la necesites? ¿Cuando tu vida puede estar en peligro?

–¿Cabezona? Me parece que tú podrías escribir un largo tratado sobre eso.

Trató de pasar por delante de él pero Connor la agarró del brazo y la obligó a mirarlo. Su expresión era acalorada y tenía el ceño fruncido y los labios apretados.

–Cabezona, testaruda...

–Lo mismo da –contestó ella. Estaban prácticamente nariz con nariz y, bajo la adrenalina que corría por sus venas, Allison sintió una ligera excitación al comprobar que finalmente había conseguido acabar con su autocontrol.

Entonces Connor inclinó la cabeza y le cubrió los labios con los suyos en un beso de furia. Sus labios se movían con fuerza sobre su boca y, cuando Allison trató de apartarse, él le colocó la mano detrás de la cabeza y la mantuvo en el sitio.

–¡Mmm…!

En sus años de adolescencia Allison a veces había fantaseado con cómo sería ser besada por Connor. Pero ninguna de las opciones había sido como aquélla. Connor besaba del mismo modo que hacía todas las cosas: con una seguridad aplastante.

Cuando finalmente él se apartó, la respiración de ambos estaba acelerada. Sus ojos color avellana la miraban desafiantes, como si la estuviera instando a hacer algún tipo de comentario frívolo sobre lo que había hecho y sobre la invisible línea que había cruzado.

Ella abrió la boca, pero cuando la mirada de Connor se hizo más aguda, Allison volvió a juntar los labios. Aquel momento tenso entre ambos parecía alargarse. Ella era plenamente consciente de lo cerca que él estaba, de la energía que emanaba de su cuerpo.

Y entonces, sin saber bien cómo ni por qué ocurrió, Allison estaba en sus brazos de nuevo y los labios de Connor sobre los de ella, mientras ella respondía del modo con el que solía fantasear; sólo que en esa ocasión podía compararlo con la realidad.

Los labios de Connor eran más suaves de lo que parecían. Se deslizaban sobre los suyos, adaptándose a su boca. Sus manos no se movieron, se quedaron sobre su espalda ejerciendo una ligera presión.

No hizo ningún sonido, sino que centró su atención en el placer de dar y recibir mientras le acariciaba los labios con los suyos. Si el primer beso había sido feroz, el segundo fue completamente seductor.

Allison separó los labios y Connor le introdujo la lengua, que comenzó a danzar con la suya. Las sombras de la noche que oscurecían su mandíbula eran como una caricia sobre su suave piel.

Él la acercó más a su cuerpo y la apretó con fuerza.

Aunque Allison hubiera sido capaz de ignorar el primer beso, el segundo... bueno, Connor Rafferty era la persona que mejor besaba, con los mejores labios que ella había visto jamás, y eso incluía a Ben Thayer, del instituto, que se había leído y memorizado *100 besos creativos.*

Cuando él deslizó la mano hasta agarrarle las nalgas para que ambos tuvieran un contacto íntimo, las alarmas se dispararon en la mente de Allison. Le agarró los hombros intentando apartarlo de ella y entonces se dio cuenta de que el ruido no sólo provenía de su cabeza.

El teléfono volvió a sonar, insistentemente, y Connor le colocó a Allison las manos sobre los hombros para estabilizarla mientras se separaban.

Nerviosa, miró a su alrededor para averiguar dónde estaba el inalámbrico.

Lo divisó bajo un cojín sobre el sofá y descolgó vacilante.

–¿Sí?

–Voy a por ti –dijo una voz grave al otro lado del teléfono.

–¿Quién es?

–Deja tus casos en la oficina del distrito o acabarás muerta.

Allison apretó con fuerza el auricular. Sabía que tenía que mantenerlo hablando para averiguar más pistas.

–No me asusto con facilidad.

Por el rabillo del ojo vio cómo Connor se ponía tenso y se acercaba a ella.

Hubo una risa al otro lado de la línea telefónica.

–Apostaría a que tu papá pagaría una buena suma de dinero para recuperarte... viva o muerta.

De pronto Connor le quitó el auricular.

–Tócala y acabaré contigo como la escoria que eres. No podrás caminar por la calle sin mirar hacia atrás.

Allison dedujo que se había cortado la conexión porque Connor comenzó a pulsar los botones del auricular. Luego escuchó durante unos segundos y luego tiró el teléfono sobre una silla con cara de fastidio.

–Debí imaginar que no sería tan fácil de localizar.

–¿Por qué has hecho eso? –preguntó ella colocándose las manos en las caderas–. Ni siquiera me has dado la oportunidad de intentar hacer que se le soltara la lengua.

–¿Que se le soltara la lengua? –preguntó él con incredulidad–. Olvídalo, cariño. Puede que trabajes en la oficina del distrito, pero escucha a alguien que ha tenido mucha más experiencia con criminales. Ese tipo es un malnacido. Sólo se le soltará la lengua cuando venga a por tu precioso cuello.

–No hay necesidad de ser grosero –contestó ella.

–¿Qué te ha dicho?

–Me ha advertido que deje los casos legales en los que estoy trabajando.

–¿Y?

–¿Y qué?

–¿Qué más?

Buscando una distracción, Allison recolocó uno de los cojines del sofá.

–Y dejó entrever que el secuestro era una de las opciones.

No contó la parte sobre el rescate para recuperarla viva o muerta. No había necesidad de echar más leña al fuego.

Capítulo Dos

–Me voy a quedar aquí.

–¿Qué?

–Ya me has oído. Mi trabajo empieza ahora –dijo él mirando con escepticismo hacia el sofá–. Supongo que ese sofá no se convierte en cama.

–No se convierte en nada. Es una antigüedad.

Connor casi pudo escucharla añadir mentalmente: «cosa que sabrías si tuvieras un poco de clase».

Dado su trabajo, estaba acostumbrado a todo tipo de mujeres malcriadas que lo miraban por encima del hombro.

Hacía tiempo que había catalogado a Allison Whittaker bajo el título de Niña Mimada. Por su parte, ella lo trataba con un desdén y una frialdad que habría causado escalofríos a los osos polares.

Cierto que hacía mucho tiempo la había hecho explotar sacándola de aquel bar de mala muerte, pero había estado totalmente justificado. Ella había sido demasiado ingenua para saber en dónde se metía.

Cuando, tras salir de la escuela de derecho, Allison había anunciado que se uniría a la oficina del fiscal, Connor había imaginado que duraría un segundo. Pero lo había sorprendido aguantando cuatro años, aunque sabía que, a pesar de su aversión hacia la gente del club de campo, tarde o temprano tiraría la toalla para casarse con alguien llamado Sloan, o Blake, y que criaría a niños vestidos de Ralph Lauren en su casa en las afueras.

Miró el reloj que había sobre la repisa de la chimenea. Dado que ella parecía dispuesta a volver a discutir con él, decidió cambiar de estrategia.

–Son casi las dos de la mañana. Estoy agotado y no me apetece conducir de vuelta a mi casa. ¿Así que por qué no muestras algo de piedad?

Observó la cara de Allison mientras decidía qué hacer. Cuando finalmente pareció haber llegado a una conclusión, Connor supo que había ganado, pero disimuló sus sentimientos bajo una expresión suave.

–De acuerdo –dijo ella–. Pero sólo esta noche. Hay una habitación de invitados. Iré arriba a ver si está todo en orden.

Mientras veía cómo se marchaba, Connor pensó que ya se enfrentaría a ella cuando llegara la mañana. Allison estaba hasta el cuello en aquella ocasión y, quisiera admitirlo o no, lo necesitaba.

Se movió por la habitación inquieto. Había recibido una llamada de Quentin, el hermano de Allison, por la mañana. Naturalmente, toda su familia estaba preocupada por las amenazas de Allison y aquello parecía tener que ver con alguno de sus casos en la oficina del fiscal. Pero ella, que no se dejaba intimidar con facilidad, había insistido en que podía apañárselas sola y que nadie debía hacer un drama.

La reacción de Connor había sido ofrecer sus servicios de seguridad. Y, como Quentin era un viejo amigo y los Whittaker habían sido buenos con él, había insistido en tomarse aquello como algo personal, sin cobrar.

Por supuesto, no le había dicho eso a Allison. Imaginaba que sería más fácil si ella pensaba que él no era más que alguien contratado, y no una especie de hermano mayor tratando de inmiscuirse para hacer lo correcto.

Y la verdad del asunto era que estaba completamente seguro de que no era nada fraternal. Era cierto que lo volvía loco cada vez que lo trataba con desdén. Pero por mucho que lo irritase, saltaban chispas entre ellos cada vez que estaban en la misma habitación.

Tenía suficiente experiencia sexual como para reconocer eso. Las señales estaban allí y eran demasiado obvias para ignorarlas. Era demasiado consciente de ella, de la fragancia de flores que se pegaba a su piel, de sus ojos azules y brillantes, de su melena color castaño que le caía sobre los hombros.

También tenía un buen cuerpo. No era muy voluptuoso, pero hacía que su cuerpo se tensara cada vez que ella estaba cerca. Casi se le habían fundido los plomos al verla abrir la puerta con aquellos pantaloncitos de seda y la bata a juego, ligeramente abierta.

Se metió las manos en los bolsillos. Si no se controlaba, se excitaría al instante pensando en ella, y no podía permitírselo.

La tensión sexual entre ambos era cada vez más difícil de ignorar, y vivir bajo el mismo techo iba a poner a prueba su autocontrol.

La había besado, por amor de Dios. Tenía que

intentar racionalizarlo, pero sabía que la verdad era más complicada que todo eso.

Además, ella le había devuelto los besos. Era una interesante reacción en la que tendría que pensar. Allison se había mostrado apasionada, como había imaginado, y él había estado más que preparado para dejarse consumir por el fuego.

Se preguntaba qué ocurriría si trataba de besarla otra vez. Comenzó a esbozar una sonrisa pero se detuvo de golpe. «Contrólate, Rafferty», pensó. «Estás aquí para protegerla».

Cierto, Allison había pasado de ser una mocosa a una mujer hermosa y muy deseable. Pero no se llevaban lo suficientemente bien como para pasar de un leve flirteo. Y sabía que cualquier cosa que fuera más allá habría sido como traicionar su amistad con los Whittaker. Eso explicaba por qué su atracción por Allison había permanecido latente, hasta esa noche.

Así que la protegería, por mucho que su atracción hormonal lo quemase por dentro. El mero hecho de pensar en que alguien pudiera intentar herir a Ally hacía que le hirviera la sangre.

Por fortuna la había convencido para permitirle quedarse a pasar la noche. Pero había mayores batallas que librar aún. Pensaba que iba a librarse de él por la mañana, pero se llevaría una sorpresa.

Por la mañana, Allison se vistió para ir a trabajar y bajó las escaleras para descubrir que Connor ya estaba en la cocina, vestido con los mismos vaqueros negros y camiseta blanca de la noche anterior.

Levantó la cabeza tras terminar de preparar una tortita y señaló hacia la cafetera.

–Sírvete tú misma.

Allison supuso que no iba a librarse de él tan fácilmente. Pero no iba a sentirse molesta por ello.

–Gracias por preparar el desayuno.

Connor esbozó una sonrisa, como sabiendo que aquella afirmación estaba dictada únicamente por las buenas maneras.

–De nada –dijo él mientras colocaba una tortita en la fuente.

Cuando casi habían terminado de desayunar, Allison decidió sacar el tema que ambos estaban ignorando.

–Las amenazas son ridículas. Quiero decir que, sea quien sea, seguro que sabe que, aunque yo deje los casos, seguirán adelante. La oficina del fiscal conseguirá a alguien para que se ocupe de ellos.

Connor se tomó su tiempo para contestar mientras se acababa la última tortita.

–Es cierto. Pero nadie conoce tus casos tan bien como tú. Sea quien sea el que te amenaza sabrá que una persona sustituta no sabrá llevar tan bien los casos.

–Pero eso es una locura.

–Sí –dijo él–. Una locura y algo totalmente desesperado.

¿Acaso estaba tratando de asustarla a propósito?

Como si hubiera leído el escepticismo en su rostro, Connor prosiguió con su explicación.

–Ha habido casos en el pasado para librarse de los jueces. Un abogado defensor quizá imagine que puede conseguir un juez más comprensivo si se libra del primero. No es difícil llegar a la conclusión de que una estrategia similar podría servir con la ayudante hiperentusiasta del fiscal.

–No soy hiperentusiasta.

–Sí, pero estás haciendo tu trabajo demasiado bien y estás asustando a ese tipo. Cuando digo que eres excesivamente entusiasta, me refiero a lo que el tipo del teléfono puede pensar de ti, y a lo que puede que lo motive. Quizá la próxima ayudante del fiscal no se preocupe tanto por sus casos como tú, o no tenga la misma determinación.

Allison no pudo evitar sentir el torrente de felicidad al escucharlo decir eso.

Connor se inclinó hacia delante y apartó su plato vacío.

–¿Hay algún caso en el que hayas estado trabajando especialmente?

–Ojalá hubiera sólo uno –dijo ella dirigiéndole una mirada sardónica. Sabía que debía levantarse, agradecerle su preocupación e indicarle el camino hacia la puerta, como había prometido la noche anterior. Pero supuso que le debía algo por su preocupación, por no hablar de haberle preparado el desayuno.

–Está bien, ¿cuál es uno de los más importantes en los que estás trabajando?

–El caso de Taylor.

–Ése no ha llegado a los periódicos.

–Sam Taylor tiene un interesante historial que

incluye tráfico de drogas y robo con intimidación. Esta vez tiene cargos por robar en una casa.

–¿Está en libertad condicional?

–No. Está entre rejas, esperando el juicio –entonces añadió a modo de explicación–: Tiene veintipocos años, así que aún tiene tiempo de meterse en cosas más serias si se libra de ésta, o incluso si no se libra pero sale de prisión dentro de unos pocos años.

–Tráfico de drogas. ¿El camello del vecindario?

–Básicamente.

Connor se terminó el café antes de hacer su próxima pregunta.

–¿Alguien lo ha relacionado con alguna banda? Tiene la edad justa y además el tráfico de drogas es el sustento principal para las bandas.

–Algunos de sus vecinos han dicho más o menos eso.

–Así que puede que algunos de los miembros de la banda estén amenazando a la ayudante del fiscal que está intentando que su colega Taylor acabe entre rejas durante una buena temporada.

Allison sintió un escalofrío, como si Connor hubiera dicho en voz alta el miedo que ella se negaba a aceptar, pero simplemente se limitó a asentir con la cabeza.

–De acuerdo, eso tiene lógica.

–¿Algún otro caso en particular?

–Está el caso Kendall.

–Bien, ¿en qué consiste?

–Un ejecutivo acusado de malversación –dijo ella encogiéndose de hombros–. Básicamente robar y ocultar el dinero desaparecido en cuentas por cobrar de la compañía –hizo una pausa–. Al menos eso es lo que intentamos probar.

–Kendall. El nombre me es familiar.

–Forma parte de varias juntas de caridad. Quiere medrar socialmente.

–Genial, mis favoritos.

–¿Qué? ¿Desprecias a los que quieren medrar tanto como a los que han nacido en familias ricas? ¿Hay algún tipo que te guste en particular?

–Ese tipo de casos de estafas suelen llegar a un acuerdo. La mera idea de acabar en prisión junto a los traficantes y los ladrones suele ser suficiente para que los abogados defensores de estos tipos pidan un acuerdo.

–Cierto pero, en este caso, Kendall no quiere admitir haber hecho nada mal –dijo ella, sorprendida al ver los conocimientos de Connor sobre leyes. Supuso que no debía mostrarse muy tosca. El padre de Connor había sido policía y Connor con toda seguridad habría trabajado en varias ocasiones con la policía y los abogados de la acusación–. Como ya he dicho, Kendall quiere medrar socialmente. Si se convierte en un convicto, eso lo arruinaría todo. Ahora mismo su empresa de relaciones públicas está publicitando esto como el intento de la oficina del fiscal por acabar con uno de los más grandes filántropos de Boston.

–¿Kendall está libre bajo fianza?

–Sí.

–Bien, así que Kendall es libre de ir y venir. No como Taylor, que a pesar de todo podría tener a gente ayudándolo fuera. Por otra parte, Kendall parece ser simplemente un criminal de oficina.

No sabemos si querría ensuciarse las manos con amenazas de muerte.

–En otras palabras –dijo ella tras observarlo con impaciencia–, estoy trabajando en dos casos importantes, así que ¿tengo dos defensores con motivos para hacerme daño? ¿Es eso lo que quieres decir?

–Lo que digo es que te andes con ojo, petunia. Alguien va detrás de ti y aún no hemos resuelto ni quién, ni qué, ni por qué. Hasta que lo hagamos, será mejor que me quede aquí.

¿Quedarse allí? ¿No habían acordado eso la noche anterior? Se suponía que él se iba a marchar. De hecho ya debería haberse ido. Si no fuera porque a ella le chiflaba el café y las tortitas, lo habría echado hacía una hora. En cualquier caso, había demasiados errores en sus sugerencias como para empezar a contarlos.

–No puedes quedarte aquí –dijo ella con voz tajante.

–¿Ah, no?

–No es necesario –añadió Allison–. Creía que ya habíamos acordado eso anoche.

–Despierta, princesa. Ni siquiera tienes sistema de alarma.

–Haré que me instalen uno.

–Por eso exactamente me contrataron a mí. Pero poner un sistema de seguridad lleva tiempo. Incluso una compañía como Seguridad Rafferty necesita unos pocos días para hacer un trabajo así.

–Pues me quedaré con... –¿quién? Trató de buscar en su cabeza con rapidez. ¿Sus padres?

¿Alguno de sus hermanos? Las opciones no eran muy tentadoras–. Con mis padres.

–Tus padres viven en Carlyle. Tendrías que viajar todos los días –dijo él cruzándose de brazos y recostándose en la silla–. Y, veamos... claro, si yo fuera un criminal tratando de secuestrarte, me encantaría poder seguir tu coche a casa desde la oficina por la carretera desierta a la una de la madrugada.

–Entonces alguno de mis hermanos. Quentin, Matt y Noah tienen apartamentos en Boston.

–No suelen estar en Boston. Desde que se casó, Quentin se ha entregado a la felicidad marital en Carlyle con tu amiga Liz y su bebé. Y Matt y Noah están de viaje frecuentemente para Empresas Whittaker. Si desapareces de alguno de sus apartamentos, nadie lo descubriría hasta pasadas varias horas, incluso uno o dos días.

Allison sabía que Connor tenía razón, pero la fastidiaba ese hecho. Nadie, y mucho menos en su familia, parecía comprender que un guardaespaldas levantaría sospechas en la oficina del fiscal. Había trabajado muy duro como para que su credibilidad se fuese por la borda con la imagen de pobre niña rica que la había perseguido toda su vida.

–Lo que necesitas es un guardaespaldas –dijo Connor finalmente–. Pero entiendo que eso pueda ser un problema para alguien de tu posición.

–Gracias –dijo ella con amargura, sorprendida por su suspicacia–. Al menos eres más razonable que mi familia.

–Así que –continuó Connor–, te sugiero otra opción. A saber, yo. Lo único que tiene que saber la gente es que soy un amigo de la familia que se ha mudado contigo durante un tiempo, quizá hasta que se terminen las obras en mi nueva casa.

Era verdaderamente testarudo. Incluso aunque consiguiera pasar inadvertido como guardaespaldas, su oferta no era inteligente. De hecho era muy poco inteligente, a juzgar por el beso de la otra noche.

–Pensé que ya habíamos acordado eso. No.

–Te llevaré y te recogeré del trabajo –continuó él–. Y, como prima extraordinaria, podré quedarme aquí contigo.

–Qué magnánimo eres.

–No te preocupes –dijo él con una sonrisa–. Estoy versado en temas del hogar, y sé cuidarme solo –entonces se inclinó hacia delante y se puso serio de repente–. No se trata de un juego, Allison. Alguien ya ha pintado tu coche y te ha enviado amenazas de muerte. No sabes qué será lo próximo que haga.

–Lo sé –dijo ella. Había tratado de no centrarse en el peligro, sino en descubrir al criminal. Se negaba a vivir con miedo, aunque, a decir verdad, ¿no había sido ésa parte de su motivación para estar mirando por la ventana la noche anterior?

–Tu familia dice que la policía está trabajando en ello, pero tú y yo sabemos que no llegarán muy lejos.

Ella siempre había sabido que Connor Rafferty era un hombre que no aceptaba un «no» por respuesta. Al fin y al cabo era el tipo que había salido de las calles del sur de Boston y que a los treinta y siete años había construido una empresa multimillonaria que proporcionaba sistemas de seguridad y protección personal a las grandes compañías al igual que a los ricos y famosos.

Pero se recordó a sí misma que era el tipo que la había sacado de aquel bar hacía más de diez años. El tipo que seguía actuando a veces como si ella fuera una mocosa.

–Mira, Connor. Yo aprecio tu oferta, pero como tú mismo has dicho, la policía está trabajando en ello. La oficina del fiscal también tiene detectives investigando el caso.

–¿Y qué pasa si te digo que no tienes elección?

Ella estuvo a punto de reírse, pero entonces vio cómo Connor sacaba un juego de llaves de su bolsillo y sintió otra vez las alarmas en su cabeza.

–¿De dónde has sacado eso?

–Cuando me contratan para un trabajo, normalmente tengo acceso al lugar –dijo él con frialdad.

Ella apretó los labios. Sabía exactamente a quién tenía que agradecerle Whittaker haberle proporcionado el acceso. A su hermano Quentin iban a estar pitándole los oídos durante días. Pero mientras tanto, tenía a un experto en seguridad al que enfrentarse.

Era evidente que no iba a poder librarse de Connor tan fácilmente como le hubiera gustado. La experiencia le había enseñado, sin embargo, que era mejor llegar a una tregua temporal antes que admitir la derrota. Necesitaba tiempo para averiguar cómo sacarlo de la casa. Mientras tanto, le seguiría el juego.

–Entiendo –dijo ella tratando de ser más fría que él–. Bueno, si vas a ser temporalmente mi compañero de piso, entonces deberíamos acordar algunas normas de convivencia.

–¿Como por ejemplo?

–Lo de anoche fue un error que no volverá a suceder, ¿entendido? Por desgracia me pillaste con la guardia baja, sin defensas.

–Ésa era la idea.

–Como he dicho –dijo ella entornando los ojos–, no volverá a ocurrir.

–¿Por casualidad estamos hablando del beso que compartimos?

–Claro que estoy hablando del beso.

En algún momento en las últimas horas, el beso, en realidad los dos besos que habían parecido uno solo, había adquirido una identidad propia y ella se refería mentalmente a él como El Beso.

–Sólo quería asegurarme –dijo él.

–Y deja que te corrija. No es el beso que compartimos. Es el beso que me plantaste cuando estaba distraída y vulnerable.

–Es curioso, porque pareciste disfrutar de ello.

–Nada de besos. Ésa es una de las normas, Rafferty.

Connor tuvo la temeridad de parecer abiertamente sorprendido.

–Estoy de acuerdo en que no te besaré. Pero si me besas tú a mí, eso ya es otra cosa.

–Haré lo posible por resistirme –dijo ella con ironía.

–¿Entonces vamos a vivir juntos? –preguntó él.

–Con una oferta así, ¿cómo puedo negarme?

–La modestia me impide decir más cosas –dijo él con una sonrisa.

–Siempre he pensado que ése era tu punto fuerte.

–¿Es sarcasmo eso que detecto?

–Eso y las buenas maneras me impiden decir nada.

Entonces él se rió abiertamente. A Allison le dio un vuelco el estómago y tuvo que resistir la imperiosa y súbita necesidad de acabar con su risa con un beso.

Era evidente que tenía problemas. Hasta la noche anterior habría pensado que la única manera de silenciar a Connor habría sido con una de sus llaves de kárate.

Al menos hasta que averiguara cómo librarse de él, Connor iba a protegerla de una amenaza desconocida, ¿pero quién iba a protegerla de la amenaza que él representaba?

Capítulo Tres

Connor comenzó a sospechar al ver que Allison no le discutía el tema de llevarla al trabajo. Su instinto le decía que era demasiado fácil. Se proponía algo, pero no estaba seguro de qué.

En cualquier caso no se detuvo mucho tiempo a pensar en ello, porque tenía un duro día de trabajo por delante, que empezaba por ir a su apartamento para ponerse el traje de trabajo antes de dirigirse a la sede central de Seguridad Rafferty.

A la hora de comer se dirigió a la central de Empresas Whittaker en Carlyle. Él y Quentin habían planeado hacía tiempo comer aquel día en La Parrilla de Burke. Trataban de quedar a comer de vez en cuando, frecuentemente en Burke, como manera para mantenerse en contacto a pesar de sus respectivos negocios. Él sabía sin embargo que en esa ocasión, Quentin tendría preguntas al respecto de la seguridad de Allison.

Se dio cuenta de que no se equivocaba mientras estaba sentado frente al escritorio de Quentin, porque aún tenían algo de tiempo antes de ir a Burke.

–Traté de convencerla para que tomara más medidas de seguridad –estaba diciendo Quentin–, pero cambia de tema. Me dice que se está ocupando de ello. Pero lo cierto es que tiene un trabajo arriesgado en el que se tiene que enfrentar a tipos de dudosa reputación cada día.

–Lo hago lo mejor que puedo –dijo Connor–. La verdad es que no se mostró muy entusiasmada al verme anoche. Y ya sabes que yo no soy famoso por mi habilidad para ser encantador.

–Sí, pero no tengo elección.

La puerta del despacho se abrió de golpe y Quentin se calló al ver a Allison entrar.

–¿Estáis hablando de mí, por casualidad?

Iba vestida con el mismo traje azul marino con el que Connor la había visto aquella mañana. El cuello abierto de su camisa blanca proporcionaba una tentadora visión de su cuello desnudo. Llevaba unos zapatos negros de tacón que remataban sus piernas al final de su corta falda.

La mera visión de su cuerpo hacía que todas las células se despertaran en el cuerpo de Connor, pero ella había ignorado todo lo que él le había dicho aquella mañana.

–Supongo que Celine te ha dejado entrar sin más, ¿no? –dijo Quentin.

–De hecho tu secretaria desapareció justo después de dejar caer que estabas reunido con Connor –dijo mirando a Connor–. Debería haberme imaginado que estarías aquí. Dándote palmaditas en la espalda por un trabajo bien hecho, ¿no?

Connor se puso en pie.

–Sólo sentiré que he hecho bien mi trabajo cuando encontremos al que va detrás de ti. Creía haberte dicho que te quedaras quieta y que yo te recogería del trabajo cuando estuvieras lista.

–Sí, recuerdo que me ordenaste quedarme quietecita. Lo que no recuerdo es que yo estuviera de acuerdo, sobre todo cuando tenía que agradecerle a mi querido hermano los nuevos cambios en mi casa –dijo ella cruzándose de brazos mientras se sentaba sobre una esquina del escritorio de Quentin, mirando de nuevo a su hermano, que se limitó a levantar una ceja y mirarla extrañado–. Hola, Quentin. La persona a la que quería ver. Fíjate, la última vez que lo comprobé, los inquilinos aún tenían el derecho de ocupar la casa pacíficamente sin necesidad de compañeros de piso no deseados imponiéndose porque sí. He tenido que resistirme para no denunciarte. Sé que eso le rompería el corazón a mamá.

–¿Es para eso para lo que has venido? ¿Para quejarte? –dijo su hermano, exasperado–. Y lo que le rompería el corazón a mamá sería encontrarte muerta en una zanja. Estamos todos muy preocupados por ti con el psicópata ése que te manda amenazas.

–Bueno, claro que mamá está preocupada –contestó Allison–. También se preocupó cuando Noah probó con las carreras de coches hace unos años. O cuando Matt decidió hacer alpinismo. Y cuando tú te fuiste de mochilero por Europa. Pero ella confiaba en que tomaríais precauciones.

–¿Qué hay de malo en tener algo de ayuda en este caso? –preguntó Quentin inclinándose hacia delante–. Yo no podía ni mencionar el nombre de Connor sin que te pusieras como un basilisco conmigo. Connor es el mejor en este negocio. La única razón por la que no lo quieres a él es porque estáis todo el tiempo ladrándoos el uno al otro.

–¡No creo que eso nos convierta en los mejores compañeros de piso!

Connor se sintió satisfecho al ver que al menos ella se preocupaba por su nueva situación en la casa.

–Yo puedo soportar el calor en la cocina si tú puedes, petunia –dijo Connor.

Ella le dirigió una falsa sonrisa y añadió:

–No tendrás que preocuparte por la cocina, Connor, porque tengo la intención de hacer un fuego bajo tus pies.

Sus miradas se encontraron mientras Quentin se reía. Connor se preguntaba qué diría ella si le dijera que ya había prendido un fuego en su interior. Simplemente llevaba años intentando apagar las llamas sin éxito.

–Sí crees que me estoy entrometiendo, Ally –dijo Quentin tras aclararse la garganta–, considéralo como un reembolso por haberte entrometido tú en mi vida. Fue un detalle por tu parte el año pasado, haciendo que Elizabeth y yo nos conociéramos.

–Eso fue diferente.

–¿Ah, sí?

Connor sabía que, en parte gracias a las maquinaciones de Allison, Quentin y Liz estaban casados y eran padres del pequeño Nicholas.

Allison se apartó del escritorio y se cruzó de brazos.

–Tú y Liz estabais hechos el uno para el otro, Quent. Además, no puedes decir que no estés feliz con el modo en que han salido las cosas.

Quentin levantó la cabeza y se recostó sobre la silla.

–Así que era diferente porque en tu corazón estaban mis intereses, ¿verdad?

Connor miró a Allison y luego de nuevo a Quentin.

–Obviamente, y no como Allison –dijo–, que tenía tus intereses en mente, tú eres un entrometido de los peores.

Allison suspiró exasperada. Su hermano y Connor estaban cortados por el mismo patrón, a pesar del hecho de que uno había nacido en la riqueza y el otro aún tenía el aspecto de un chico malo del lado malo de la ciudad. Ninguno de los dos se echaría atrás en una situación como aquélla.

Connor la miró fijamente y dijo:

–Por alguna razón sabía que no te quedarías callada cuando te dejé en el trabajo con ese aspecto tan dócil esta mañana.

–Me conoces mejor que todo eso –contestó ella.

–Lo dejaremos como un empate, petunia –dijo él con calma, aunque a juzgar por su mirada, daba la sensación de que no dejaría que le desbarataran los planes una vez más.

–¿Por qué no comes con nosotros? –preguntó Quentin–. Connor y yo habíamos quedado para comer hoy desde hacía tiempo, pero resulta que por ahora tú has sido el tema de conversación número uno.

–Gracias por la oferta –dijo ella consultando su reloj–, pero tengo que regresar.

Había conseguido hacerle ver a su hermano

lo mal que se sentía por su intromisión, pero era evidente que ni él ni Connor iban a acabar por entender su punto de vista, ni su necesidad de que Connor se marchara de la casa.

Como quedarse más tiempo probablemente iba a resultar un ejercicio de futilidad, Allison supuso que tendría sentido aceptar la oferta de Connor sobre el empate y retirarse del campo de batalla. Pero si Connor pensaba que había ganado, lo esperaba una sorpresa.

–Iré contigo –dijo Connor acercándose a ella.

–Tú vas a comer con Quentin, ¿recuerdas? Además, estamos en pleno día y hay mucho tráfico.

–Quentin y yo podemos comer en otra ocasión –contestó Connor–. Además, ya nos hemos dicho todo lo que teníamos que decir. Mis operarios comenzarán esta tarde con el sistema de seguridad de la casa y tengo que regresar –miró a Quentin–. No te importa si lo dejamos para otro día, ¿verdad?

–No, no hay ningún problema. Ningún problema.

–Te recogeré del trabajo cuando hayas terminado –le dijo Connor a Allison dando a entender que no iba a discutir sobre el asunto–. Llámame al móvil.

–Claro –contestó ella sarcásticamente, aunque en silencio admitió que, sin quererlo, había resumido parte del problema. Tenía miedo de que tener a Connor alrededor pareciese demasiado natural demasiado pronto.

El domingo, Allison condujo hasta Carlyle para almorzar con su familia. Sus hermanos y su cuñada se habían reunido en la enorme casa colonial de sus padres.

Connor fue con ella, como sabía que habría hecho igualmente aunque no hubiese recibido una invitación aparte de sus padres.

Seguía acampado en su casa, aunque ella no había perdido la esperanza de deshacerse de él. Incluso aunque la casa fuera técnicamente de Quentin y Connor pudiera decir que estaba allí porque él quería, eso no significaba que ella no tuviese ninguna opción. Aún no estaba preparada para dar el paso drástico de mudarse ella, pero podía negarse a cooperar con Connor e ignorarlo todo lo posible.

El tema de conversación principal durante el almuerzo fue, por supuesto, su acosador misterioso. En comparación, el hecho de que estuviera viviendo con Connor pasó bastante inadvertido.

Su madre parecía resumir el sentimiento general diciendo:

–Te estamos muy agradecidos, Connor, por proveer tus servicios de seguridad. Me proporciona mucha calma.

Su hermano Matt añadió:

–Mucha suerte, Connor. Por lo que conozco a Allison, la vas a necesitar.

Connor simplemente alzó una ceja pero Quentin y Noah sonrieron con aire de conspiración.

Allison les dirigió una mirada silenciadora a sus hermanos, una mirada que indicaba que sus gracias no eran bien recibidas.

Para cuando terminó el almuerzo y Allison se reunió con su cuñada Elizabeth en la sala familiar, estaba de los nervios. Si había alguien que podía compadecerla, ésa era su mejor amiga.

Se desplomó sobre una silla mirando a Liz.

–¿Puedes creerlo? ¿Agradecidos? ¿Calma?

Liz, que estaba sentada en la mecedora para darle el pecho a Nicholas, levantó la cabeza.

–Lo sé, lo sé. Pero, Ally, ¿es que no estás ni un poco asustada por este asunto?

–¿Te refieres a las amenazas? –preguntó Allison encogiéndose de hombros–. Sí, claro, pero no puedo dejar que el miedo me paralice. De otro modo tendría que dimitir en mi trabajo mañana mismo. Pero no se lo digas a mis hermanos. Si supieran que este asunto me preocupa en lo más mínimo, me encerrarían en alguna cabaña perdida del mundo rodeada de guardaespaldas.

–Oh, Allison, lo hacen con buena intención. Quentin está verdaderamente preocupado por tu seguridad.

–Lo sé. Sólo desearía que me dieran un poco más de crédito. Además, es como si fueran cuatro. Connor les gana con creces en la categoría de sobreprotección.

Liz le dirigió una mirada compasiva.

Allison suspiró exasperada.

–Connor se ha instalado como en su propia casa. Ayer estaba inspeccionando las puertas y comprobando las ventanas. Sus hombres están colocando un sistema de alarma conectado directamente con la policía.

Aunque reconocía que el sistema de alarma había hecho que se sintiera más tranquila. Era la persona que supervisaba la instalación la que la inquietaba.

–Mmm –dijo Liz agachando la cabeza para mirar al bebé–. Hubo un tiempo en el que habrías dado saltos mortales para que Connor te prestara atención.

–Hace ya tiempo que me cansé de comer las migajas de esa mesa.

–Me sorprendería si una hija mía comiese de las migajas de cualquier mesa –dijo Ava Whittaker mientras atravesaba la puerta que daba acceso a la sala.

Allison observó cómo su madre, elegante como siempre, se sentaba en una silla cercana.

–Mamá, ¿cómo has podido decir eso antes?

–¿Decir qué, cariño?

–¿Agradecidos, mamá? ¿Calma? ¿Qué pasó con eso de que «una mujer es perfectamente capaz de cuidar de sí misma»? Normalmente puedo contar contigo al menos en esta familia.

Su madre prácticamente había criado a sus hijos sola mientras que su padre construía Empresas Whittaker. Cuando la más pequeña de todos había alcanzado la adolescencia, Ava había asistido a la escuela de derecho y finalmente se había convertido en una respetable jueza. La madre de Allison era su heroína, su modelo a seguir.

–Claro que sé que puedes cuidarte sola. Pero no hay nada de malo en agradecerle a Connor su ayuda cuando puede que estés en verdadero peligro. De hecho espero que no se te hayan olvidado los modales que traté de inculcarte y ya le hayas dado las gracias tú misma. ¿Verdad?

Allison sintió el puño de la culpa. Su madre

tenía una habilidad especial para cambiar las tornas a su favor.

–Por el modo en que todos os desvivíais por darle las gracias, es como si pensarais que le ha caído encima el peor cliente de la historia.

–Allison –dijo su madre con una sonrisa–. Sabes que no pensamos eso. Tus hermanos estaban simplemente tomándote el pelo, y normalmente tú les ganas en ese juego.

–Sí, bueno, piensa en los inconvenientes que Connor tiene que soportar –dijo Allison, y se incorporó fingiendo pensar un segundo antes de chasquear los dedos–. ¡Ya lo sé! Esta mañana lo hice esperar abajo hasta que estuve lista –añadió, y miró a Elizabeth, que la observaba asombrada–. Ya sabes lo mucho que me gusta darme duchas largas y calientes.

Su madre intentó sin éxito parecer realmente preocupada. Allison la miró y luego miró a Liz, para volver a mirar después a su madre.

–¿Es que a nadie de esta familia se le ha ocurrido que estoy viviendo con un hombre? Quiero decir que, si hubiera sido cualquier otro y no Connor, tu reacción habría sido lo opuesto a la calma y te aseguro que Matt y Noah no le habrían deseado suerte.

–Pero se trata de Connor, cariño –dijo Ava–. A no ser que estés sugiriendo que hay algo entre vosotros dos.

–¡Por supuesto que no! –exclamó Allison. La idea era ridícula. El beso no contaba–. Sólo estaba pensando en lo que podría pasar. ¿Tan raro es que exista la posibilidad de que Connor y yo encontremos el vivir juntos... sexualmente extraño?

No sólo eso. Era demasiado íntimo, demasiado personal, demasiado todo.

Un brillo asomó a los ojos de su madre.

–Ya entiendo –dijo Ava.

–Allison conocía aquel brillo; la última vez que lo había visto era cuando se madre se había enterado de que Liz y Quentin iban a tener un bebé.

–No, no lo entiendes, mamá.

Allison había pretendido utilizar el asunto de la cohabitación como salvavidas para conseguir la ayuda de su madre dejándole claro por qué vivir con Connor era una situación insostenible. Por desgracia su plan se había vuelto en su contra y su madre parecía agradablemente sorprendida.

–Bueno, lo que yo comprendo –dijo Ava– es que ahí hay un joven muy agradable.

Allison miró hacia el jardín y se preguntó si a Connor le hubiera gustado ser descrito como un joven agradable.

–Y, si alguien estuviera interesada, yo diría que sería una buena ocasión –concluyó su madre.

Allison asintió en dirección a Liz y dijo:

–¿Ves? Ya está contando los nietos. Tú y Quentin habéis abierto la veda.

Liz enderezó al bebé, que ya había terminado de comer, y dijo:

–Bueno, tienes que admitir que Connor es un buen partido. Si estuvieras interesada, quiero decir.

–Hablando de nietos –dijo Ava, y tomó en brazos a Nicholas, colocándolo sobre su hombro para que echara los gases–. Con lo mucho que quiero a este pequeño, mi única pena es que Quentin y Liz no tuvieron tiempo de planear una boda formal –añadió mientras se ponía de pie para pasearse de un lado a otro con su nieto en brazos–. Así que, cariño, te sugiero que te asegures de darte esas duchas calientes y largas tú sola, y dejes las frías para Connor.

–¡Mamá!

Liz pareció sorprendida un instante y luego comenzó a reírse.

Ava se dirigió hacia la puerta con una sonrisa en la cara.

–¡Si ni siquiera nos gustamos! –dijo Allison–. Somos como el aceite y el vinagre –luego se giró hacia Liz–. ¿Por qué me estoy justificando?

–Creo que protestas demasiado.

Allison agarró un cojín de una silla cercana y se lo tiró a Elizabeth.

La semana siguiente fue un caos para Allison. Connor había terminado de supervisar la instalación del sistema de seguridad de la casa y ambos se habían instalado en la rutina. Cada mañana, sin importar lo pronto que fuera, ella llegaba a la puerta delantera para descubrir que Connor ya la estaba esperando con las llaves del coche en la mano. Si ella no lo llamaba al final del día, la llamaba él para preguntarle a qué hora tenía que recogerla.

Trató de darle esquinazo el miércoles, pero apareció en su oficina de todas formas y esperó media hora a que terminara su trabajo. Ella se había sentido fatal, sin importar lo mucho que se decía a sí misma que Connor se lo merecía, por irrumpir en su vida y en su casa de aquella manera.

Pero, a pesar de lo mucho que ella intentaba tratarlo como a una mota de polvo en la pared, seguían estorbándose. Los papeles de Connor y su ordenador estaban colocados en una esquina de su estudio, y sus cosas personales estaban en su casa.

Pero lo que realmente la molestaba era la intimidad de la situación. Había intentado hacérselo ver a su madre empleando las palabras «sexualmente extraño», pero la verdad no estaba muy lejos de eso.

El jueves por la mañana, mientras se preparaba para irse al trabajo, se dio cuenta de que la camisa para el traje que iba a ponerse estaba colgada en el armario del vestíbulo. Sabiendo que Connor estaba en la ducha, había salido de su habitación llevando sólo el sujetador y la falda.

Y justo en el momento en que se daba la vuelta para regresar al dormitorio, contenta de haber encontrado la camisa, la puerta del baño se había abierto de golpe y se había encontrado frente a frente con Connor.

Lo único que cubría su cuerpo era una toalla a la altura de las caderas. Medio desnudo parecía incluso más grande y más imponente que de costumbre.

Allison bajó la mirada y se deleitó con sus músculos firmes y la línea de pelo que viajaba sobre su estómago plano hasta desaparecer bajo la toalla.

Al volver a mirarlo a los ojos, sintió que se sonrojaba. Pero no estaba segura de si era por la vergüenza de haber sido pillada mirando o por la mirada que Connor había dirigido hacia su torso semidesnudo.

Involuntariamente se había llevado la camisa al pecho a modo de protección y había pasado por delante de él, cerrando la puerta de su dormitorio de un portazo.

El viernes por la noche, después de que Connor la recogiera del trabajo y la llevara de vuelta a casa, la tensión era ya tan evidente que Allison se sentía a punto de estallar.

Tras cambiarse de ropa y ponerse unos vaqueros y una camiseta, Allison había ido abajo para prepararse algo de cena y luego acurrucarse en el sofá para hojear unos documentos que se había llevado de la oficina.

Por desgracia, Connor estaba abajo cuando ella llegó. Se estaba aflojando la corbata y obviamente se dirigía arriba para cambiarse de ropa.

Se detuvo cuando la vio y su mirada recorrió su cuerpo, descansando después en los documentos que llevaba en la mano.

–¿Qué? ¿No tienes planes para el viernes por la noche?

–Tengo trabajo que hacer –dijo ella levantando la barbilla–. De otro modo claro que habría tenido planes.

–¿Y desde cuándo el trabajo significa olvidarse de las noches de los viernes?

–A veces es así –dijo ella encogiéndose de hombros–. Además, no estoy de humor para salir esta noche.

En parte era cierto. Además no estaba saliendo con nadie en ese momento.

Normalmente habría salido de todas formas y, aunque habría preferido comer tiza a admitirlo delante de Connor, la verdad era que las amenazas de muerte habían llegado a intimidarla. Así que, pasar el viernes por la noche metida en casa, incluso con alguien tan molesto como Connor, era más atrayente que saltar al panorama social.

–Quizá pensarías de forma diferente con respecto a quedarte en casa si los tipos con los que sales fueran más interesantes.

–Déjalo, Rafferty.

Como si él supiera más de su vida amorosa de lo que podía deducirse por las menciones ocasionales sobre ella en las páginas de sociedad. Dejó los archivos en la mesita que había en el vestíbulo, de donde los recogería más tarde.

–¿Sabes cuál es tu problema, Petunia?

–Estoy segura de que me lo vas a decir –dijo ella adoptando un tono de aburrimiento.

–Claro que voy a decírtelo. Tu problema es que no puedes enfrentarte a un hombre que tenga cerebro.

–No seas ridículo.

–Te he observado, princesa. He visto a cada fulanito y menganito entrar y salir en tu vida.

–Nunca he salido con ningún fulanito ni ningún menganito.

–Claro que siempre supe que no tenía ninguna posibilidad a no ser que me quitase quirúrgicamente una parte del cerebro.

–Ésa sería una imagen preciosa. En cualquier

caso, no es verdad. Lo tipos con los que he salido no son tontos.

–¿Y qué hay del tipo que accidentalmente se pegó los dedos con pegamento?

–¿Por qué todo el mundo tiene que sacar a Jenny a relucir? Fue en el instituto y aún no he podido librarme de eso.

–Para ti los hombres tiene que parecer y hablar como tipos duros pero han de ser más simples que una tabla de madera –insistió Connor–. Tu problema es que nunca has salido con un hombre de verdad.

–¿Como tú, quieres decir?

–La verdad es que nunca he oído quejas.

–Claro. Ese espacio a prueba de críticas en tu mente en donde habita tu ego no te deja oír nada.

–Quizá es que no hay nada que oír. No he oído ninguna queja por tu parte con respecto a nuestro beso. De hecho pareciste disfrutarlo.

–Habría sido mejor.

–¿En serio? –preguntó él con una sonrisa mientras se acercaba a ella.

–Sí, en serio. Y que te quede claro: no disfruté de aquel beso.

–Mmm –dijo él mientras le agarraba los brazos con las manos, acercándola más a él–. ¿Estás segura?

–Bastante segura.

–Porque yo habría jurado que te lo pasaste bien.

–Pues te equivocabas –dijo ella casi sin aliento.

La mirada de Connor descansó sobre su boca y murmuró:

–Entonces debo de haberme imaginado esos suaves labios moviéndose bajo los míos.

¿Pensaba que sus labios eran suaves?

Entonces Connor inclinó la cabeza, tomó aliento y le giró la cara para susurrarle al oído:

–Y debo de haber soñado esa esencia de mujer –añadió, y Allison sintió el calor al instante. Connor agachó más la cabeza hasta acariciarle el cuello con la nariz–. Debo de haber fantaseado con ese cuerpo suave presionado contra el mío.

Allison sabía que debía apartarse, recordarle la promesa que ella misma había hecho diciendo que no habría más besos, pero su voz grave y las caricias de sus manos provocaban un efecto extraño en ella.

–Admítelo –dijo él contra su sien–. Te gustó el beso –añadió mientras seguía acariciándola.

Era difícil negarlo y difícil recordar por qué era tan importante que lo negara. Connor levantó las manos hasta colocarlas sobre sus hombros. Sus ojos estaban muy juntos. Allison podía sentir el magnetismo que irradiaba de su cuerpo. Connor levantó la cabeza y sus miradas se encontraron. Ella sintió escalofríos por todo su cuerpo y cómo los pezones se le endurecían bajo el sujetador.

–Me encuentras irresistible, ¿verdad, petunia? Soy un arrogante, un monstruo, pero te gusta.

Sí. Debía decirlo en voz alta y acabar con aquello. Se centró en su boca. Si decía que sí, probablemente volvería a besarla. Allison se inclinó hacia él... y él se apartó, dejando caer los brazos a los lados.

–Es una suerte para nosotros que yo sea capaz de resistirme –dijo Connor.

A Allison le llevó un par de segundos, pero finalmente se dio cuenta de la situación y sintió una extraña furia en su interior. Había estado jugando con ella.

Estuvo tentada de darle un puñetazo en ese mismo momento. Él la encontraba completamente resistible, ¿verdad? El muy cerdo había disfrutado del beso tanto como ella.

Y con aquel pensamiento, supo cómo borrarle esa sonrisa arrogante de la cara. Lo agarró de las solapas de la chaqueta y tiró de él hacia abajo.

Justo antes de cerrar los ojos, Allison notó la sorpresa en los ojos de Connor.

Capítulo Cuatro

Su respuesta lo sorprendió con la guardia baja. Pero no se lo perdonaría jamás si no se aprovechaba de la oportunidad que ella le había puesto en bandeja.

Había estado intentando sacarla de quicio. Su negación a la hora de admitir que su primer beso la había afectado no había hecho más que desafiarlo para demostrar que se equivocaba. Pero la tensión que había ido creciendo entre ellos durante toda la semana casi podía cortarse con el proverbial cuchillo.

Así que, cuando una de sus manos lo agarró del hombro mientras la otra se deslizaba por su nuca, Connor se dejó llevar directo a sus labios.

Sus labios, que eran tan suaves como recordaba. Seductores y calientes. Calientes mientras se movían sobre los suyos, acariciándolos.

Él separó los labios y dejó que Allison llevara el beso más allá. Su cuerpo se puso rígido ante la reacción instintiva a su cercanía.

No importaba lo mucho que lo negara, la tensión sexual entre ambos era casi palpable. Tanto que había una delgada línea entre sus constantes peleas y saltar directamente a la cama.

La envolvió con sus brazos y la levantó ligeramente para presionarla contra su cuerpo.

Ella emitió un sonido y comenzó a apartarse de él, pero él la apretó más fuerte con los brazos y la besó una y otra vez, cada vez con más ansia, cada vez con la sangre más caliente en sus venas.

Finalmente, cuando la necesidad de desnudarla y tomarla allí mismo comenzó a ganar al sentido común, dio dos pasos al frente y la presionó contra la pared. La dejó caer lentamente hasta que sus pechos estuvieron palpitando contra su torso y sus muslos presionados contra su erección.

Cuando los pies de Allison tocaron el suelo, él le permitió romper el beso.

Ella parpadeó y tomó aliento con dificultad.

–¿Quieres jugar otra vez, petunia? –dijo él con voz grave–. Te desafío.

–No necesito jugar otra vez, Rafferty –dijo ella mientras deslizaba su mano sobre su erección–. Tengo todas las pruebas que necesito de que, ¿cómo dijiste?... puedes resistirte.

Él tomó aliento. En un instante volvió a presionarla contra la pared, colocándole las manos sobre la cabeza y agarrándole las muñecas con una de sus manos.

Ella se retorció contra su cuerpo, sin perder la sonrisa, y él maldijo en voz baja.

–¿Qué has dicho, Connor? No te he oído.

Él entornó los ojos. Estaban jugando a un juego peligroso. Ninguno de los dos estaba dispuesto a admitir lo que el otro había dicho. Sin embargo él no era de los que se echaban atrás con facilidad ante un desafío.

–Cuidado, princesa. Puede que quieras pensarlo dos veces antes de lanzar un desafío así cuando estás literalmente contra la pared. ¿Quieres volver a negar que hayas disfrutado con nuestros besos? Porque, si lo haces, tendré que intentar volver a demostrar que te equivocas.

Para su sorpresa, su valentía no la abandonó. Echó la cabeza hacia atrás pare retirarse el pelo de la cara y dijo:

–Supongo que esto cuenta como una seducción para un cavernícola como tú.

Él le retiró un mechón de pelo de la cara y se lo colocó detrás de la oreja con la mano libre. Pero entonces, en vez de apartar la cabeza, se rindió a la tentación y le acarició el mentón suavemente, dejando que su pulgar se deslizara perezosamente sobre su labio inferior.

Ella se quedó quieta, mirándolo a los ojos.

Él deslizó la mano hacia abajo, acariciándole el cuello y luego llevando el dedo índice hacia el cuello de su camiseta, y más abajo, sobre la redondez de su pecho.

Con la yema del dedo dibujó la forma del pecho moviéndolo sobre el pezón endurecido.

Allison gimió.

–Mírame –dijo él mientras le tomaba el pecho con la mano y comenzaba a masajearlo.

Ella miraba fijamente su mano y respiraba cada vez más entrecortadamente, señal de que no era inmune a sus caricias.

–Seríamos pura dinamita en la cama, petunia. Claro que tus hermanos probablemente me echarían a patadas si lo hiciéramos. Y no los culparía.

–No sería asunto suyo –dijo ella casi sin aliento.

Él encontró interesante el hecho de que Allison no hubiera negado al instante la posibilidad de acostarse con él.

–Bien. Siempre la chica independiente, ¿verdad?

–Sería genial si tú pudieras recordar eso también –dijo ella, pero una vez más su voz llevaba implícito un tono de excitación sexual que estaba volviéndolo loco.

–¿Alguna vez te has preguntado, petunia, cómo sería si nos dejáramos de frustraciones el uno con el otro en la cama en vez de lanzarnos insultos todo el tiempo?

Ella abrió mucho los ojos pero luego frunció el ceño. Liberó las manos de su agarre y lo empujó. Cuando él dio un paso involuntario hacia atrás, ella pasó por delante para darse la vuelta de nuevo con los brazos cruzados y aspecto furioso.

–¿Que si me lo he preguntado? ¿Es ésa una invitación a tu cama?

–Si lo fuera, ¿aceptarías?

–Ni lo sueñes, Rafferty.

Él no sabía que había causado aquel súbito cambio de humor, pero se maldijo a sí mismo en silencio por haberlo desatado involuntariamente.

Ella caminó en dirección al salón.

–Encuentra otra diversión para la noche.

A la mañana siguiente, Allison se sentía más relajada.

Decidió acabar con las reminiscencias de la tensión de la noche en el gimnasio. Connor fue con ella, claro.

Era demasiado para ignorarlo. Ese plan se había ido por la borda la noche anterior. No ayudaba que, a pesar de sus intenciones, sus ojos no pudieran dejar de mirarlo, encontrándolo detrás de ella con la ayuda del espejo que tenía delante.

Connor estaba en una condición física excelente. Sus bíceps y los músculos de su pecho se flexionaban cada vez que levantaba el peso sobre su cabeza y lo volvía a bajar, ajeno a su escrutinio.

Ella pensaba en esos brazos a su alrededor la noche anterior y se sonrojaba. Entonces volvió a recordar sus palabras: «¿Alguna vez te has preguntado cómo sería irte a la cama conmigo?».

La pregunta había sido como un jarro de agua fría que la había sacado de golpe del embrujo romántico en el que había caído.

Por supuesto había habido un tiempo en que sí se había preguntado cómo sería pasar la noche con Connor. Pero aquella pregunta no sólo dejaba claro que sus sentimientos no habían sido recíprocos, sino que la conocía bastante poco.

Y, naturalmente, Allison tampoco podría olvidar que, hacía tiempo, Connor había demostrado ser un gamberro insensible.

Otra mirada rápida al espejo reveló que Connor estaba atrayendo más atracción femenina de lo que era justo.

Allison frunció el ceño y comenzó a correr más deprisa sobre la cinta andadora.

Minutos después se bajó y se acercó a él.

–Voy a nadar en la piscina.

Él la miró con una sonrisa. Una delgada capa de sudor cubría los músculos de sus brazos y su cuello y su camiseta estaba oscurecida en el centro a causa de la sudoración.

–¿Necesitas refrescarte, princesa?

Su doble sentido no pasó inadvertido. Ella lo miró con frialdad.

–Sí, y he pensado que unos largos en la piscina serán mejor que tirarte agua a la cabeza.

Él se rió abiertamente mientras ella se dirigía al vestuario para darse una ducha antes de ponerse el traje de baño. Dado que él había entrado en ese gimnasio con su pase de invitados, Allison dudaba que fuera a seguirla hasta la piscina.

Se equivocaba.

Había hecho tres largos cuando se detuvo en uno de los extremos de la piscina para levantar la cabeza y verlo allí, de pie. Se dio cuenta de que estaban solos. La mujer de mediana edad que había estado nadando a su lado desaparecía en los vestuarios en ese mismo instante.

Ella frunció el ceño y echó la cabeza hacia un lado.

–No pensé que te vería aquí –dijo ella señalando su bañador azul–. ¿De dónde lo has sacado?

–Siempre vengo preparado.

¿Era sorpresa eso que veía en sus ojos? Si no se equivocaba, él sabía que ella había estado pensando en despistarlo.

En vez de eso, estaba mirándola desde arriba, con sus piernas plantadas junto al borde de la piscina, con las manos en las caderas.

Molesta consigo misma, Allison tuvo que luchar contra su necesidad de ceder.

–Tú mismo –dijo ella, y salió disparada hacia el otro extremo de la piscina.

En pocos minutos, sin embargo, fue consciente de que él estaba en la calle contigua a la suya. Tuvo que aguantarse la furia mientras Connor nadaba a su lado de un extremo a otro de la piscina, igualando sus brazadas.

Allison se detuvo al darse cuenta. ¿Era eso lo que él era? ¿Su rival? ¿Por eso lo encontraba tan molesto?

Ella había atacado a Connor durante años y él le había devuelto los ataques. No le dejaba llevar las riendas como muchos de los hombres con los que había salido. En vez de eso, se mantenía inamovible, como un bloque de granito, y ella no había conseguido hacer ni la más mínima mella, a pesar de intentarlo durante años.

Salvo la noche anterior, cuando la había deseado. Imaginaba que, si no hubiera hecho algún comentario frívolo, si se hubiese tomado su oferta en serio, habrían acabado en la cama.

Consideró aquella posibilidad contra su voluntad. En la cama con Connor Rafferty. En la cama con su enemigo. En la cama con el hombre más detestable y molesto que conocía.

Instintivamente supo que el tiempo que pasaran en la cama no sería una aventura sosa. No. Ambos se llevarían su tormentosa relación al dormitorio y se mostrarían salvajes, desinhibidos y apasionados.

Sabía que él la encontraba atractiva en aquellos días a juzgar por los besos. Entonces ¿por qué no rendirse a la llama que ambos habían encendido?

Allison se sentía caliente a pesar del agua fría. Sería muy fácil irse a la cama con Connor, y muy complicado, sobre todo porque estaba viviendo en su casa.

Una parte de ella, una parte que se dejaba halagar por la evidencia de su poder femenino, estaba entusiasmada de haber captado por fin la atención de Connor, aunque fuera diez años después. Esa parte le susurraba por qué no podía averiguar la clase de amante que él era.

Además, Connor era el mejor amigo de Quentin. Estaba tan cercano a la familia que Noah y Matt pensaban en él como en un hermano. Si ella se rendía a la tentación, puede que tuviera que enfrentarse a su antiguo amante en las cenas familiares por el resto de su vida.

Cuando llegó al extremo de la piscina de nuevo, decidió parar. Su mirada enseguida conectó con la de Connor.

Estaba inquietantemente cerca.

–Nadas bien, petunia. ¿Es así como te mantienes en forma?

–Me gusta nadar de vez en cuando –dijo ella–. Sola.

–Qué contento estoy de haber podido tener acceso al ritual secreto.

–Qué afortunada.

Ella se apartó de él nadando hacia la escalera que había al lado de la piscina. Él nadó tras ella y Allison fue consciente de cómo la observaba salir de la piscina con el agua resbalándole por el cuerpo.

Agarró una toalla mientas él salía también del agua. Mientras se dirigía al vestuario, Connor la llamó.

–Nos vemos fuera en veinte minutos.

Ella le dirigió una mirada siniestra por encima del hombro.

Una hora más tarde, Connor aparcó frente a la casa y siguió a Allison hasta la puerta principal.

El buzón de metal clavado a la fachada de ladrillo de la casa estaba medio abierto y visiblemente lleno de catálogos y otro correo.

Connor pasó por delante de ella antes de que Allison pudiera reaccionar, y recogió el correo con rapidez.

–La última vez que lo comprobé –dijo ella molesta–, era una ofensa federal interferir en las operaciones del servicio de correo.

–Entonces considéralo una comprobación y no una interferencia.

Ella agarró el correo pero él no lo soltó.

–¿Es que no vas a abrir la puerta?

–No me trates con condescendencia.

–Súmalo a mi cuenta. Parece que contigo va a ser una cuenta muy grande.

–Es gracioso, porque recuerdo haberte cortado el crédito hace tiempo.

–Abre la puerta –dijo él señalando hacia la cerradura. Luego miró a su alrededor. Estaban a plena luz del día, ni siquiera era mediodía, pero no le gustaba estar allí fuera con ella. Eran un blanco fácil. Allison no había recibido ninguna amenaza desde que él se había mudado allí, pero sabía que no debía bajar la guardia.

Tras abrir la puerta, Connor desactivó la alarma apretando unos botones. Entonces se tomó un momento para hojear el correo.

El catálogo de lencería le proporcionó un momento de pausa, preguntándose si ella llevaría cosas parecidas al sujetador de satén y las bragas que aparecían en la portada.

Tras dejar a un lado el catálogo, se fijó en un sobre blanco sin remite. Lo giró y, al darse cuenta de que tampoco ponía nada en el otro lado, lo rasgó con el dedo para abrirlo.

–¡Es mi correo! –exclamó Allison desde la mesa en donde acababa de colocar las cosas del gimnasio–. ¡Y no me digas que también abres el correo de tus clientes!

–De hecho a veces lo hago –dijo él evitando que ella agarrara el sobre–. Cuando el trabajo lo requiere.

Sacó el contenido del sobre y se quedó helado. Allison se quedó quieta a su lado.

Había tres fotografías de Allison en su trabajo. Las fotos estaban generadas por ordenador, tomadas a distancia, pero aun así el sujeto era inconfundible.

Se alejó ligeramente de ella para analizar la hoja de papel que había caído del sobre junto con las fotografías. Las líneas mecanografiadas le helaron la sangre.

Para que sepas que te estoy observando. Puedo pillarte en cualquier momento. Si quieres vivir, deja el curro y vete de vacaciones con el dinero de papá.

Allison agarró las fotos y el papel, pero él no las soltó.

–¿Qué es? –preguntó ella.

Connor dudó por un momento, pero se dio cuenta de que no se quedaría tranquilo hasta que ella no lo supiera, por mucho que quisiera protegerla. Quería matar al bastardo que la estaba amenazando. Le entregó el contenido del sobre y le dijo:

–Echa un vistazo –vio cómo Allison se ponía blanca–. No toques nada. Llamaré a la policía y haré que investiguen el contenido del sobre en busca de huellas. ¿Sabes cuándo pudieron tomarse las fotos?

–Hace unas dos o tres semanas, creo. La primera fue tomada frente a la tintorería. Mi coche está a lo lejos a la izquierda, que es donde creo que lo aparqué al no poder encontrar otro sitio más cerca. Parece que la foto ha sido tomada desde el aparcamiento que hay al otro lado de la calle.

–Bien, ¿y reconoces las otras dos?

–Eso creo. Llevo puesta otra cosa, pero creo que fueron tomadas con días de diferencia.

–Bien. Eso le proporcionará a la policía un buen punto desde el que comenzar a hacer preguntas para ver si alguien recuerda algo, aunque lo dudo.

Allison se pasó la mano por el pelo.

–Esto es ridículo. Estoy acostumbrada a que me saquen fotos de vez en cuando, pero siempre son periodistas que hacen saltar el flash en mi cara en conferencias de prensa o bailes benéficos.

–La pequeña y popular heredera de la acusación, ¿no?

–Bésame el millonario trasero, Rafferty.

Él se rió, pero admitió para sus adentros que sí que había considerado la idea de besarla por todas partes más de una vez.

Pero se alegró al ver que su comentario había tenido el efecto deseado y vio que Allison volvía a tener fuego en los ojos. Aquella expresión de susto que había puesto no iba con ella. Y aunque quería hacerle ver el peligro que podía estar corriendo, tampoco quería que aquel loco la marcara de por vida.

–Parece que no tiene muchas habilidades con el lenguaje, ¿verdad?

–Sí. Lo que nos lleva hacia nuestro Taylor o, más acertadamente, uno de los miembros de su banda que no esté entre rejas.

–Mmm, quizá –dijo ella poco convencida–. O quizá sea alguien que intenta despistarnos y colocar las sospechas en otra parte.

–¿Qué te hace pensar eso? –preguntó él. Tenía su propia teoría pero estaba interesado en escuchar la de ella.

–Si alguno de los amigos de Taylor me quisiera muerta, ya lo estaría o, al menos, no se habrían molestado en escribir una nota.

Él asintió. Obviamente había aprendido algunas cosas en la oficina del fiscal. No estaba seguro de que le gustara que Allison estuviera en contacto con el lado más sórdido de la vida. Sabía que en muchas ocasiones se había burlado de su entorno de millonarios y diamantes, pero sabía también lo mala que podía ser la alternativa.

–La persona que está haciendo esto, obviamente, quiere asustarme –musitó Allison–, pero hasta ahora ha hecho poco más que amenazar. Así que, una vez más, tenemos un perfil que puede encajar mejor con Kendall.

–¿Sabes una cosa, petunia?

–¿Qué? –dijo ella esperando un comentario sarcástico.

–Me quitas las palabras de la boca.

–Probablemente ése sea el mejor cumplido de tu lista.

Capítulo Cinco

Allison no sabía por qué había dejado que Connor la convenciera para pasar el fin de semana en su casa de campo en Berkshires, al oeste de Boston. De algún modo se había dejado convencer de que necesitaba un cambio de escenario.

Se sentó en el salón, con sus archivos a su alrededor, tras haber pasado la tarde trabajando en su informe en respuesta a la moción del abogado de Kendall para excluir ciertas pruebas y que no fueran presentadas ante el jurado.

Podía oír a Connor moviéndose por la cocina. Tras ir al pueblo a comprar comida, él se había ido a trabajar con el ordenador. Había descubierto que había cuatro ordenadores en el refugio, aparte de varios accesorios informáticos.

Se sentía agradecida de que la semana no hubiese sido tan agitada como el sábado anterior. Tras haber descubierto el anónimo en el correo, el resto del día lo habían pasado hablando con la policía, a la que Connor había llamado para ir a la casa. Ella se había pasado más de una hora siendo interrogada.

Poco después la policía les había dicho que las fotos y la nota no habían revelado ninguna huella dactilar aparte de las de Connor, aunque el sobre tenía muchas huellas, incluyendo probablemente las del cartero. Ninguno de los dueños de la tienda ni nadie más cerca de donde habían sido tomadas las fotografías recordaba nada sospechoso.

Sin embargo, a pesar de lo poco agitado de la semana, Allison no se había sentido relajada. Mientras que antes sólo había imaginado que alguien podía estar observándola, ahora ya sabía que ése era el caso.

Era una idea desconcertante e inquietante. Se encontraba a sí misma volviéndose a todas horas, esperando pillar a alguien observando.

Así que, al final de la semana, cuando Connor había dicho que ella podría trabajar igual en su casa de campo que en su casa, Allison había estado de acuerdo. De hecho tenía que admitir que tener a Connor cerca la hacía sentirse más segura. Quizá habían sido las fotos y la nota, pero ya no tenía tantas ganas de librarse de él.

E ir a la casa de Connor supuso una distracción. Cuando habían llegado aquella mañana, había descubierto que la casa de campo de Connor era un edificio de dos plantas, con estructura de madera y situado en el bosque, apartado de la carretera. Tenía cuatro habitaciones, dos baños, una espaciosa cocina, un salón, un comedor, un estudio y una enorme bañera.

Trató de no pensar en la bañera, y mucho menos en que la habitación de Connor estaba pegada a la suya.

Miró hacia las puertas correderas que daban al porche y vio a Connor encender la barbacoa. A su lado había una serie de platos con filetes y patatas listos para asar.

Tras decidir que ya era hora de dejar a un lado los archivos por el resto de la noche, Allison se puso en pie, recogió sus papeles y los colocó en una pila a un lado de la mesa.

Cuando salió fuera, Connor estaba bebiéndose una cerveza y observando los rayos de sol que desaparecían entre los árboles.

Abrió otra cerveza y se la entregó.

–Gracias –dijo ella observando cómo Connor utilizaba un tenedor largo para darle la vuelta a los filetes–. ¿Sabes? Podría acostumbrarme a tenerte cocinando para mí, Rafferty –añadió, y se rió al ver su cara de sorpresa–. Pero supongo que eso va con el resto de habilidades masculinas como saber cómo abrir una botella de cerveza o programar el vídeo.

–Tienes razón, petunia. Así que recuerda que, por el resto de la noche, yo estoy al cargo y tú eres la suplente.

–¿Qué quieres decir con el resto de la noche? Llevas todo el día tratando de convencerme de lo mismo.

–Sí, pero sin éxito –dijo él señalando hacia las puertas que daban a la cocina–. El resto de cosas para la cena está allí.

Allison captó la indirecta y se dirigió a la cocina. Regresó con platos, utensilios y servilletas para la mesa de fuera. También llevaba la ensalada que Connor había dejado en la encimera de la cocina.

Mientras ponía la mesa, le dirigió una mirada subrepticia. Sus vaqueros gastados hacían poco por disimular su prieto trasero. Llevaba una camisa abierta a la altura del cuello, donde podía verse una camiseta interior blanca. El efecto que daba era informal pero muy sexy.

Hasta que no se hubieron sentado a cenar, Allison no se dio cuenta de lo íntimo que era cenar con Connor, rodeados de bosque, comiendo comida que él había preparado. A pesar de eso, o quizá a modo de distracción, la conversación fluyó con normalidad entre ellos. Hablaron de las últimas noticias, de lo que los Boston Red Sox podían hacer para llegar a los mundiales y sobre rock and roll.

Como resultado, para cuando hubieron terminado de cenar, ella se sentía completamente relajada. Tanto que incluso fue capaz de decir:

–Hay una cosa que nunca he comprendido de ti, Rafferty.

–¿Sólo una? –preguntó él alzando una ceja–. Qué decepción. ¿No te parezco complejo o, al menos, torturado?

–James Dean era un torturado. Tú sólo eres... –hizo una pausa durante unos segundos– inescrutable.

–¿Inescrutable? Bien, supongo que eso es mejor que nada. Así que supongo que me vas a decir qué es lo que me hace inescrutable.

–Como iba diciendo –dijo ella ignorando su tono burlón–, hay sobre todo una cosa que no entiendo de ti. Todo el tema del sur de Boston.

Al decir aquello, vio cómo la expresión de Connor se endurecía, pero ella no era de las que se echaban para atrás una vez que había comenzado a hablar, así que continuó.

–Dejas el sur de Boston, consigues un título en Harvard, con buenas notas en informática, nada menos. Y entonces, en vez de iniciar el ascenso corporativo en algún banco, regresas al sur de Boston. Y no sólo eso, sino que eliges empezar en el negocio de los sistemas de seguridad. La mayoría de la gente no va a Harvard para luego regresar al mismo sitio.

Connor se recostó en la silla y la observó.

–Es cierto, pero las cosas salieron bien de todas formas –dijo mirando a su alrededor–. Quizá, princesa, todo era parte del plan maestro.

–Conociéndote, no lo dudo. Lo que quiero saber es: ¿cuál era el plan maestro?

–Vas a seguir probando hasta que consigas algunas respuestas, ¿verdad? Que probablemente es lo que te hace tan buena en tu trabajo.

–No intentes despistarme con tus cumplidos –dijo ella inclinándose hacia delante–. ¿Por qué regresar al sur de Boston después de Harvard? Cualquiera habría dicho que tenías todas las razones para no hacerlo, sobre todo cuando tu padre murió allí en cumplimiento del deber.

Sabía, gracias a Quentin, que el padre de Connor había sido un policía que había muerto cuando él no era más que un crío. También sabía que la madre de Connor, una enfermera, había muerto de cáncer de mama poco después de que su hijo se graduara en el instituto, dejándolo huérfano desde los dieciocho. Todo aquello había hecho que sintiera pena por él al conocerlo.

–¿Me estás interrogando? –preguntó Connor en tono casual, aunque ella pudo notar la tensión en su voz.

–Háblame de tu padre –dijo ella–. Por favor, me gustaría saber de él.

–Muy bien, princesa. Veo que no vas a rendirte.

Ella se preguntaba si eso sería cierto. Tenía la sensación de que él iba a darle una respuesta sólo porque quería, y también sentía que estaba entrando en un terreno en el que Connor no dejaba entrar a la gente habitualmente.

Él se quedó callado durante un momento, mirando al vacío antes de volver a mirarla a ella.

–Tenía nueve años cuando mi padre murió. Una mala edad para perder a un padre, claro que ninguna edad es buena. Era el entrenador suplente de mi equipo de softball y me enseñó las típicas cosas: a montar en bici, a nadar. Mi padre tenía ese sentimiento de ayudar a la comunidad. Quizá porque él se había criado en una familia trabajadora del sur de Boston y se había convertido en policía.

–Mmm –fue lo único que ella dijo. Por fin había conseguido que se lanzara a hablar y no iba a permitir que se desconcentrara con sus comentarios.

–En cualquier caso, aunque podíamos habernos permitido irnos a vivir a las afueras, él quiso quedarse en el sur de Boston. Incluso hizo todo lo posible por conseguir un trabajo allí.

–En otras palabras, se dedicó a la policía comunitaria incluso antes de que se acuñara el término –dijo ella.

–Exactamente. No creía sólo en las patrullas policiales, sino en el involucrado de la policía en los asuntos de la comunidad.

–Llegar a conocer a la gente –añadió Allison–. Entrenando un equipo de softball como manera de mantener a los chicos alejados de las calles.

–En efecto.

Ella esperó a que continuara.

Connor dio un enorme trago a su cerveza, y luego miró hacia el horizonte como si estuviera intentando ver algo entre los árboles.

–Un día sonó el timbre y yo pensé que era él, que había vuelto de su turno de noche. Pero era el sargento del distrito, con una expresión tan seria que inmediatamente sentí un vuelco en el estómago. Puedes imaginar lo que vino después.

–¿Cómo ocurrió? –preguntó ella. Se conocían desde hacía años, pero ésa era la primera vez que se sentía lo suficientemente cómoda como para preguntarle por las circunstancias de la muerte de su padre. Sentía pena por el chico que había abierto la puerta a una pesadilla tan tremenda hacía tantos años.

–Había ido a cubrir un allanamiento de morada. Detuvo a un tipo y lo esposó. Lo que no sabía era que ese tipo tenía un compañero con una pistola.

Allison se estremeció al imaginarse la escena.

Connor sonrió y dijo:

–Tú has querido saberlo, princesa.

–Lo que quiero saber es por qué enterraste esa historia.

–Siempre combativa, ¿verdad?

–Quizá, pero la verdad es que no hay por qué estar avergonzado de la historia. No sé por qué guardas silencio al respecto. De hecho…

–De hecho –concluyó el–, la gente habría sentido pena por mí y se habría desvivido por ayudarme. ¿Es eso lo que querías decir?

–Bueno, sí…

–Y eso es exactamente lo que no quería –dijo él casi a la defensiva–. Así fue exactamente como actuó la gente que lo sabía. No necesitaba su compasión. Eso no iba a traerme a mi padre de vuelta. Y no quería que la gente pensara que yo estaba comerciando con una tragedia.

Sus palabras fueron alarmantes. Pero sin embargo se ajustaban bastante bien a la imagen que había dado de sí mismo: orgulloso, duro, reservado.

–¿Satisfecha tu curiosidad, petunia? –preguntó él mientras se levantaba con el plato vacío.

–Gracias por contármelo –dijo ella simplemente, recogiendo su propio plato y cubiertos para seguirlo dentro, donde dejó las cosas en el fregadero–. No puedo imaginarme lo duro que debió de ser para ti y para tu madre.

Él se inclinó sobre la encimera de la cocina con las piernas cruzadas a la altura de los pies.

–Sí, fue devastador para mamá. Volvió a ser enfermera para ganar algo de dinero, pero el sur de Boston era lo único que ella conocía, así que allí fue donde se quedó.

–Debes de haberte sentido solo.

–No –dijo él negando con la cabeza–. Yo era un horror. Mi padre había sido asesinado y yo estaba furioso con el mundo. Me peleaba, me saltaba el colegio y corría riesgos innecesarios. Lo que finalmente me reformó fue mi madre y las buenas intenciones de algunos profesores del instituto, junto con la certeza de que yo tenía un cerebro y que sería mejor utilizarlo para llegar a algún sitio.

–Lo que me devuelve a la pregunta inicial –dijo ella mientras se sentaba en un taburete–.

¿Por qué volver al sur de Boston después de todo? Podías haberte ido a cualquier lugar después de Harvard, y tenías toas las razones para hacerlo.

–Como ya he dicho, eres tenaz –dijo él mirándola fijamente con una sonrisa–. Cuando empecé con mi negocio, quería vivir sin excesos. El vecindario está cambiando, pero el alquiler de un apartamento de mala muerte en el sur de Boston en aquella época era el precio idóneo. Así de simple.

Ella asintió. De pronto trabajar en la oficina del fiscal y vivir en una casa en el exclusivo Beacon Hill no le parecía tanto sacrificio.

–Siempre que leo algo sobre ti en los periódicos, mencionan que regresaste al sur de Boston para comenzar tu negocio.

–¿Lees todo lo que publican sobre mí, princesa?

–Sólo cuando la única alternativa es leer los prospectos de las medicinas.

–No pasas una, ¿verdad?

–Tú tampoco –contestó ella–. En cualquier caso, Seguridad Rafferty sigue teniendo una oficina en el sur de Boston, ¿no?

–Sí, podría decirse que sí.

Su vacilación la desconcertó. Sabía que su información era cierta y la pregunta había sido casi retórica.

–Bueno, ¿qué otra cosa podría decirse?

Él tosió y se cruzó de brazos.

–¿Sííí? –dijo ella.

–Realmente no es una oficina. Es más bien un lugar de relaciones con la comunidad.

Ella frunció el ceño por un segundo, y luego se rió.

–¿Quieres decir que haces caridad allí?

–Más o menos.

–No me digas que el duro de Connor Rafferty tiene su punto débil. ¿O debería decir Connor F., de filántropo, Rafferty?

–No los llamamos filántropos en el sur de Boston, petunia.

–¿Ah, no? ¿Y cómo los llamáis? ¿Benefactores? ¿Donantes caritativos? ¿Gente tan rica que regala su dinero? Afróntalo, Connor, eres como esas ricas bienhechoras de tacones altos a las que tanto criticas. Lo sabes. Como ésas que organizan subastas benéficas.

Él recibió las bromas levantando una ceja, pero luego negó con la cabeza.

–Yo no nací rico. Ésa es la diferencia.

En vez de discutir con él, Allison preguntó:

–¿Y qué hace tu organización benéfica? Y, por cierto –añadió extendiendo la mano–, a pesar de que me lo pase tan bien tocándote las narices con el tema de tu filantropía, me encanta que intentes hacer el bien.

–Mi «organización benéfica», como tú la llamas, patrocina programas para los niños del vecindario.

–Muy bien –dijo ella–. Me sorprende que no hagas algo que esté más relacionado con el negocio de Seguridad Rafferty.

Él pareció sorprendido por un segundo.

–¿Qué? –preguntó ella.

–La verdad es que sí lo hacemos –añadió él–.

Ofrecemos clases de defensa personal y clases para la seguridad en el hogar.

–Ah.

–Puedo ver que tu cabeza no para de dar vueltas.

–Bueno, eso explica muchas cosas. A tu padre le gustaban los servicios comunitarios, y tú regresas al sur de Boston y creas una organización benéfica. No sólo eso, sino que tu padre murió por detener a un ladrón, y tú te metes en el negocio de la seguridad.

–Atar esos cabos es fácil, petunia –dijo él apartándose de la encimera–. Pero no le des mucha importancia. Yo no lo hago.

–¿Por qué? ¿Quieres decir que la muerte de tu padre no tuvo nada que ver con eso?

–Lo que digo es que haces demasiadas preguntas –murmuró Connor–. Pero sí, reconozco la influencia.

A pesar de su tono indiferente, ella sabía que finalmente había penetrado un poco en la fachada que Connor Rafferty presentaba ante el mundo.

Pensó que debería dejarlo un poco en paz, a pesar del modo tan brusco en que había entrado en su vida. Habiendo sufrido una pérdida tan dura, era lógico que se mostrara protector con aquéllos que estaban a su alrededor, y ese instinto de protección se extendía a ayudar a sus antiguos vecinos.

–¿En qué piensas, princesa? –preguntó él–. Estoy seguro de que el motor de tu cabeza sigue funcionando.

–Es difícil de creer, pero estaba empezando a

sentirme inclinada a que me gustaras –dijo ella con una sonrisa.

Él la miró intensamente por un momento y luego dijo:

–Deberías sonreír más a menudo.

Sus ojos se encontraron antes de que ella pudiera apartar la mirada, sintiéndose extrañamente tímida.

–¿Y qué pasa contigo, petunia? –preguntó él volviéndose a apoyar sobre la encimera–. Tu madre es jueza y tú abogada. Me temo que tú también eres culpable de alguna que otra influencia semiconsciente.

–Psicoanálisis aparte –dijo ella sintiéndose relajada otra vez–, deberías saber que la analogía no es correcta. Si realmente hubiera querido hacer feliz a mi familia, me habría mantenido alejada de acusar a criminales en la oficina del fiscal y me habría ido a un cómodo y agradable trabajo de oficina. Ya sabes, algo más a tono con las subastas benéficas que se supone que debo organizar.

Él sonrió y dijo:

–Muy bien, quizá me apresuré a juzgarte.

–¿Tú crees?

Connor se dio cuenta entonces de que era hora de cambiar las tornas a favor de Allison. Ella había indagado y lo había hecho darse cuenta de más cosas de las que quería.

–¿Por qué lo haces?

–¿Hacer qué?

–Trabajar en la oficina del fiscal cuando obviamente no tienes por qué hacerlo y cuando podías haber tenido un trabajo mucho más cómodo, que evidentemente tu familia esperaba que tuvieras.

Ella inclinó la cabeza a un lado y lo observó por un momento, como si estuviera pensando cuánto podría revelar.

–Reacciona, princesa. Tú no eres la única que puede hacer preguntas.

La observó sentada en el taburete y se dio cuenta de que tenía un aspecto delicioso, con sus vaqueros azules y su camiseta de algodón que se ajustaba a la perfección a sus pechos.

–¿Me creerías si te dijera que por una pasión por la justicia? –preguntó ella–. Antes de hacer su carrera en el mundo de las leyes, mi madre era la reina de todos esos actos benéficos de filantropía que tanto te gustan. Supongo que algo de todo ese rollo de hacer el bien se nos pegó a mí y a mis hermanos.

–Y sin embargo a tu familia no la entusiasmó tu decisión de trabajar en la oficina del fiscal –dijo Connor tratando de concentrarse en el tema de conversación y no en el calor que había comenzado a sentir en la ingle.

Ella miró hacia abajo, como para apartar su expresión de él, estirando las piernas mientras lo hacía.

–Puede que te hayas dado cuenta de que son bastante protectores.

–Eres la pequeña de la familia, y la única chica.

–Exacto –dijo ella mirándolo a los ojos.

–Bueno, seguro que tú no se lo pusiste fácil. Por lo que recuerdo, hiciste un buen trabajo golpeando los barrotes de la jaula.

–Tú sabrías algo de eso, ¿no?

–Vamos a aclarar de una vez por todas lo del bar. Admito que no fue uno de mis mejores momentos. Normalmente no suelo enfrentarme a los engaños.

Ella lo miró sorprendida por aquella media disculpa, pero Connor no pudo evitar seguir hablando.

–Claro, que no es como si la noche del bar hubiera sido algo excepcional en ti.

–¿Oh?

Había mucho detrás de aquel «oh», y si hubiera sabido lo que era bueno para él, se habría callado. Por desgracia, no le resultaba fácil callarse en lo que se refería a Allison.

–¿Qué me dices del año en que comenzaste una campaña para conseguir que todas las chicas del instituto llegaran a clase *accidentalmente* sin sujetador? Por lo que recuerdo, fue la primera vez que tu escuela tuvo que poner una norma en cuanto a la ropa interior.

–¡Estábamos haciendo una declaración política!

–Sí, para disfrute de la mitad masculina del cuerpo estudiantil –dijo él.

–El tema era mostrar que, si una chica iba sin sujetador un día, no se le daba mayor importancia, pero si todas las chicas iban sin sujetador cada día, sería una victoria. En otras palabras, podríamos conseguir mucho poder si nos uníamos. Después de todo, conseguimos cambiar algunas cosas en el consejo escolar.

–¿De eso trata tu trabajo en la oficina del fiscal? ¿Más tendencias de las tuyas o es que simplemente estabas intentando volver loca a tu familia?

–Es discutible el hecho de si yo los volví más locos a ellos de lo que ellos a mí.

–Ah.

–Con el trabajo en la oficina sentí por primera vez que me había creado una identidad al margen de mi familia. No era Allison Whittaker, la heredera, la hija de los filántropos James y Ava, hermana de Quentin el multimillonario, Matt el enigma y Noah el playboy.

–Ya entiendo.

–¿Ah, sí? –preguntó ella–. En la oficina del fiscal yo era simplemente Allison Whittaker. Muchos de los acusados en mis casos ni siquiera habían oído hablar de los Whittaker. Y los otros abogados en la oficina no se preocupaban por cuál era mi segundo nombre siempre y cuando yo los ayudara a salir de entre las montañas de casos que tenían.

Había subido el tono de voz y cada vez hablaba más deprisa. Era evidente que le había tocado la fibra sensible.

La oficina del fiscal había sido un medio de independencia para Allison y él se había estado burlando de ello. De pronto sentía haberlo hecho.

–¿Realmente lo comprendes, Connor? –continuó ella–. Porque a veces pareces comportarte igual que mis hermanos.

–Créeme, el último sentimiento que puedo tener hacia ti es el de fraternidad –dijo él en voz baja. Su apasionado discurso había hecho que apareciese un brillo en sus ojos y que su lenguaje corporal se agitase de tal forma que la libido de Connor había respondido al instante.

–¿Qué? –preguntó ella.

–¿No me has oído, petunia? ¿O es que no puedes creer lo que has oído?

Todas las razones que se había dado a sí mismo durante los años para no beber los vientos por Allison volaron por la ventana en ese momento. En realidad, ya había bebido los vientos por ella, y quería más.

Allison emitió una risa que sonó forzada.

–Imagino que fue difícil sentir algo fraternal por mí cuando yo no fui más que una espina a tu lado.

–La pérdida de coraje no es algo de lo que jamás pensé que podría acusarte –dijo él apartándose de la encimera.

Estaban solos en el bosque, juntos en la casa de campo que Connor había terminado de construir recientemente y donde no había llevado a ninguna otra mujer. De pronto no le importaba en absoluto las consecuencias que pudiera tener el involucrase sentimentalmente con ella. Lo único que le importaba era el momento.

Las amenazas en el correo, la evidencia de que algún loco había estado observándola, esperando para atacar, todo eso le hacía pensar que ya podría haberla perdido.

Quizá no tuviera un mañana para reír con ella, para hacer el amor con ella, y se maldeciría eternamente si tuviera que preguntarse siempre lo que habría podido pasar.

Ella se enderezó sobre el taburete con el ceño fruncido.

–No sé de lo que estás hablando.

–¿Ah, no? –preguntó él suavemente. Con dos pasos se colocó frente a ella. Para su sorpresa, ella se quedó donde estaba, con la barbilla levantada de igual manera que hacía cada vez que se disponía a contraatacar.

Connor casi sonrió cuando estiró la mano para tocarla.

–No –dijo ella de pronto. No era miedo ni pánico lo que veía en sus ojos, sino un turbulento conjunto de emociones.

–¿Por qué no? –preguntó él. El deseo de tocarla era agobiante y no se le ocurría razón alguna para no rendirse a él–. ¿Porque tus hermanos me molerían a palos? –añadió mientras le levantaba la barbilla, acariciándole el labio inferior con el pulgar–. Creo que correré el riesgo.

Capítulo Seis

Allison sintió escalofríos por toda la piel cuando Connor la tocó. Sabía que, si se acostaban juntos, nada volvería a ser lo de antes.

No se trataba sólo de un beso o de una noche. Se trataba de involucrase con un hombre que no sería tan fácil de manejar como el resto de los hombres con los que había salido antes. Connor la desafiaría, y no podía tener la certeza de que sería ella la que tuviera el control.

Sin haber contestado, la luz desapareció de los ojos de Connor y su mano se alejó de su cara. Ella no le había ofrecido invitación alguna, y él no había visto ninguna en sus ojos, así que se estaba retirando.

Sin embargo, en ese instante, Allison supo que no podía dejar pasar el momento. Él le ofrecía confort y seguridad en un mundo que se había convertido en un lugar tenebroso. Y, aunque sabía que podía defenderse sola si tuviera que hacerlo, también sabía que, en ese momento, esa noche, quería ese confort.

De pronto no podía esperar a hundirse entre sus brazos. La posibilidad de no tener el control era más una tentación que un riesgo.

Se bajó del taburete y se pegó a él.

La habitual fachada de autocontrol de Connor había desaparecido, y lo único que podía ver en él era un ansia desmedida y un deseo brutal.

–Connor…

Le colocó las manos en el pecho y sintió los latidos de su corazón. Él estaba muy quieto mientras ella deslizaba sus dedos hacia su cara. Luego, lentamente, muy lentamente, presionó los labios contra los suyos.

Él abrió la boca y le devolvió el beso. Se tomó su tiempo. Seguía con las manos quietas a los lados. Lo único con lo que respondía era su boca.

Allison pensó que, definitivamente, ese hombre sabía cómo besar.

Y justo cuando ella estaba a punto de emitir sonidos de frustración, Connor decidió saciar sus necesidades y la envolvió entre sus brazos.

El beso se hizo más profundo, él jugueteó con la lengua entre sus labios hasta introducirla en su boca y unirse a la de ella.

Ella gimió y deslizó los dedos por su pelo. No parecía estar lo suficientemente cerca de él. No parecía tener suficiente.

Cuando finalmente él apartó la boca de la suya, dijo:

–Enrolla tus piernas a mi alrededor.

Ella obedeció y Connor colocó las manos en su trasero para soportar su peso.

En esa posición, su erección presionaba contra su zona más íntima e, instintivamente, Allison se frotó contra él.

Él murmuró algo en voz baja mientras se dirigía hacia las escaleras que llevaban a los dormitorios.

–Haz eso otra vez y no llegaremos al dormitorio.

Ella se rió abiertamente.

–¿Y qué hay del sofá de aquí abajo?

Él se detuvo un segundo y la miró fijamente.

–Quiero verte tendida en mi cama. Quiero ver tu melena sobre mi almohada. Quiero verte, quiero oírte y, lo más importante, quiero saborearte mientras estés tumbada en mi cama.

–¿Es una orden?

Él se enderezó y siguió caminando hacia las escaleras, levantándola aún más y dirigiéndole una sonrisa.

–No, pero espero haber contestado a tu pregunta. Hay un sofá aquí abajo, pero no vamos a utilizarlo.

–¿Entonces puedes darte prisa? –bromeó ella. Parecía como si hubiera estado esperando ese momento toda su vida y ahora la necesidad amenazara con destrozarla.

Al fondo del pasillo que había arriba de las escaleras, Connor abrió de una patada la puerta a su dormitorio y, en dos zancadas, cruzó la habitación hasta la cama y se colocó sobre Allison.

En ese momento no había pensamientos. La necesidad los consumía a los dos. Eran como dos personas que habían cruzado el desierto y finalmente habían llegado a un oasis.

Allison se quitó las sandalias y Connor la ayudó a quitarse la camiseta por encima de la cabeza. Entonces, con un leve movimiento de los dedos, le desabrochó el sujetador.

–Eres perfecta –gimió él mirándole los pechos, encumbrados por sus pezones erectos.

–Son unos pechos normales –murmuró ella avergonzada.

–Perfecta –repitió él en voz baja–. Entonces, sin dejar de mirarla, agachó la cabeza lentamente hasta uno de sus pechos. Ella suspiró cuando Connor cerró la boca alrededor de su pezón.

La excitación amenazaba con llevarla con ella mientras veía cómo Connor utilizaba la boca sobre su cuerpo.

Cuando movió la boca al otro pecho, ella le pasó los dedos por el pelo y cerró los ojos. Un deseo infinito se había apoderado de ella, haciendo que sus miembros se estremecieran sin control.

La boca de Connor abandonó su pecho y se colocó sobre sus labios. Ella enredó las manos en su cuello y recibió sus besos con pasión hasta que finalmente él se apartó y se incorporó.

Allison abrió los ojos y casi gimió a modo de protesta hasta que vio el deseo escrito en su cara. Se levantó apoyándose sobre los hombros y observó cómo Connor se quitaba la camisa con rapidez y luego se sacaba la camiseta interior por encima de la cabeza.

Su pecho tenía sólo un poco de pelo, así que había muy poco que pudiera disimular los músculos que definían su torso y sus brazos.

Lo había visto sin camisa muchas veces a lo largo de los años, cada vez que iba a las fiestas de los Whittaker en la piscina.

En aquellas ocasiones había fantaseado con tocarlo. Y por fin podía deslizar las manos por aquellos músculos.

–Sí, tócame –murmuró él–. Hazme arder, petunia.

Ella disfrutaba con el poder que tenía sobre él. Luego puso los labios donde habían estado sus manos, cubriendo su pecho con besos húmedos y calientes.

Él la detuvo un instante para poder quitarse los zapatos y los pantalones. Luego le quitó a ella los vaqueros con un movimiento fluido, llevándose consigo la ropa interior.

Le colocó la mano en la cadera mientras volvían a tumbarse en la cama y sus labios se encontraban de nuevo.

Connor le acarició la pierna y luego deslizó la mano hacia la cara interna del muslo, haciéndola temblar ante la expectativa.

–Ah, Connor…

–Shh –dijo él mientras subía la mano hasta donde sus muslos se juntaban. Sujetándola, sin dejar de mirarla, introdujo un dedo en su interior.

–¡Oh!

–Sí –dijo él con voz grave–. Quiero oír cómo te gusta, petunia.

Ella se agarró a sus hombros y fue la mirada de posesión de Connor lo último que vio antes de cerrar los ojos y dejarse llevar en una espiral de sensaciones en respuesta al ritmo de su mano.

–¡Connor!

Cuando Allison regresó a la realidad, Connor estaba tumbado a su lado, mirándola, con el brazo doblado y la cabeza apoyada en la mano. Su otra mano dibujaba círculos sobre su muslo.

Ella miró hacia abajo y él siguió su mirada.

–Sí, aún te deseo –dijo él con una nota de humor en su voz.

Ella volvió a mirarlo. Se dio cuenta de que parecía bastante complacido consigo mismo.

–Bueno, gracias por todo –dijo ella, y trató de incorporarse.

Pero él se rió y la volvió a tumbar en la cama.

–No tan deprisa, princesa. Creo que tenemos algo pendiente.

–¿De verdad? –dijo ella con una fingida inocencia–. ¿Y es…?

En vez de responder, Connor la acercó a él, colocando la boca sobre la suya, y haciendo que volviera a perderse en las sensaciones.

Era el hombre más maravilloso con el que jamás había estado. Su corpulencia hacía que se sintiera pequeña e insignificante, a pesar de su estatura. Su esencia la envolvió.

La besó con fuerza, con ansia. Ella abrió la boca mientras él le separaba las piernas para abrirse camino.

Entonces Allison bajó la mano y acarició su erección hasta que él apartó la boca para emitir un gemido de placer.

–Estoy a punto de morir, petunia.

–Eso es lo que esperaba –dijo ella.

–No tienes que esperar nada –dijo él, y sonrió haciéndola reír. Connor abrió un cajón de la mesilla de noche y sacó una pequeña caja. Luego se volvió hacia ella y dijo–: Antes de que saques conclusiones precipitadas, voy a decirte que eres la primera mujer a la que he traído aquí. Además no he traído protección conmigo porque me sintiera seguro de mí mismo. Simplemente pensé que estar preparado no sería una mala idea dadas las chispas que han saltado entre nosotros últimamente.

Ella se sintió ridículamente complacida por ser la única mujer a la que había llevado a su refugio. Le quitó el paquete de la mano e, ignorando su cara de sorpresa, le colocó el condón con suavidad.

–Oh, Allison –gimió él. Luego le estiró las piernas y se colocó en posición–. Última oportunidad, princesa.

En algunos aspectos, parecía que ella había estado esperando ese momento toda su vida. Estaría loca si se retirara en ese momento. Al diablo con las consecuencias. Estaba a punto de descubrir si la realidad estaba a la altura de sus fantasías de adolescente.

–Ni lo pienses, Rafferty –dijo ella, lo envolvió con las piernas y levantó las caderas.

Connor gimió mientras la penetraba.

–Ah, petunia.

Ella gritó y luego suspiró.

Él se amoldó al ritmo que ella marcaba, construyendo los dos un baile apasionado mientras la tensión aumentaba hasta conducirla al clímax en una espiral de convulsiones, agarrada con fuerza a los hombros de Connor y sintiendo la leve capa de sudor que había cubierto su cuerpo.

Desde las profundidades de su excitación, lo oyó gemir con fuerza y notó cómo se convulsionaba sobre ella.

Connor regresó a la realidad lentamente. Sentía como si hubiera pasado por un huracán. Estaba agotado. Sentía los músculos débiles tras el clímax. Paradójicamente se sentía más vivo que nunca.

Antes de aquella noche siempre había pensado que la tensión sexual entre él y Allison era una señal de que serían dinamita en la cama.

No se equivocaba.

Miró a Allison. Tenía los ojos cerrados y una leve sonrisa plantada en los labios.

Lo había vuelto loco. Se preguntaba si se habría resistido tanto tiempo si hubiera tenido alguna pista de que sería así. A pesar de todas las razones que tenía para haberse resistido.

Y ése era el problema. Aquellas razones seguían allí.

Su trabajo era proteger a Allison, no irse a la cama con ella. Seguía siendo la hija de la pareja que lo había tratado como a un hijo. Era la hermana pequeña de Quentin. Alguien a quien, como el resto de sus hermanos, había tratado durante años como a una mocosa malcriada.

Cerró los ojos. No podía arrepentirse de lo que acababa de suceder. Había sido la experiencia sexual más gloriosa de toda su vida. ¿Pero qué iba a decirle a Quentin la próxima vez que lo viera? «Me he acostado con Allison y, mira, ha sido mejor de lo que había imaginado».

Entonces tendría que ver cómo Quentin le daba una paliza. Le había pedido que fuera su guardaespaldas, no su amante.

Y sin embargo, la atracción ente ambos había estado latente durante mucho tiempo. Las amenazas que ella estaba sufriendo habían sido la cerilla que había prendido la caja donde habían mantenido guardada su atracción mutua.

Iba a tener que andarse con cuidado, eso era seguro. Entre otras cosas tenía que averiguar, y pronto, quién estaba amenazándola. Después de eso, podría concentrarse en averiguar a qué territorio desconocido habían llevado Allison y él su relación.

Volvió a mirarla. Lo admitiera Allison o no, lo que habían comenzado aquella noche no había acabado.

Allison se despertó con el olor del café recién hecho. ¿Acaso había conectado el temporizador automático de la cafetera?

Se dio la vuelta y abrió los ojos. Los techos de madera le dieron los buenos días. Frunció el ceño, momentáneamente desorientada. ¿Dónde estaba?

Y entonces recordó. La amenaza de muerte en el correo, su acuerdo de ir a Berkshires con Connor a pesar de que su juicio le había dicho que no lo hiciera, su cena íntima, su experiencia en la cama.

Se sonrojó. Desde luego Connor había estado a la altura de sus fantasías.

Se habían despertado en mitad de la noche y habían vuelto a hacer el amor.

Lo más importante de todo era que sabía que aquella noche había visto un lado de Connor que normalmente no dejaba ver a nadie. Había notado la vulnerabilidad al hablar de la muerte de su padre y se había dado cuenta de que sus instintos de protección estaban fuertemente arraigados.

Entonces le había hecho el amor tierna y apasionadamente.

Hacer el amor. ¿Era eso lo que literalmente había sido?

Trató de apartar de su mente esa pregunta.

Obviamente la deseaba. Agarró la sábana con fuerza al recordar la demostración de deseo de Connor durante la noche.

Tenía que admitir que su relación había cambiado irrevocablemente.

Escuchó pasos en las escaleras.

Gimió. Connor no iba a darle ni un momento para refrescarse y ponerse presentable.

–Buenos días, princesa.

Estaba vestido con una camiseta vieja y unos vaqueros, y el pelo aún estaba húmedo de la ducha.

Connor esbozó una sonrisa. Llevaba una taza humeante en la mano.

–Te he traído un buen chorro de cafeína. Iba a ponértelo bajo la nariz para resucitarte, pero veo que ya estás despierta.

Ella se estiró sobre la cama y extendió las manos.

–Gracias.

Él le entregó la taza y se sentó a su lado.

–Con leche y sin azúcar.

–Mmm –dijo ella tras dar un sorbo–. Excelente. ¿Cómo lo supiste?

–Hay algunas cosas que he descubierto de ti con los años. Una de ellas es cómo te gusta el café.

–¿Es parte de tu dossier sobre mí?

–Podría decirse así.

–Mmm –dijo mientras daba otro sorbo–. Gracias por traerme el café. No era necesario.

Volvió a sentir esa timidez tan poco característica de ella. La misma que había sentido por la noche antes de… Al sentir que comenzaba a sonrojarse, trató de pensar en otra cosa.

–En realidad sí era necesario –dijo Connor.

Ella levantó una ceja tratando de adoptar la actitud casual que, hasta la noche anterior, le había resultado tan fácil de adoptar.

–Admito que sentía el deseo de verte tumbada en mi cama esta mañana.

–¿Y qué aspecto tengo? –preguntó ella sin poder resistirlo.

–Como una mujer que ha hecho el amor apasionadamente –dijo él con fuego en la mirada–. Como imaginaba.

–Estás loco.

–Sí, loco por ti. Aunque he de admitir que saltar sobre ti anoche fue un antídoto bastante bueno contra eso. Al menos temporalmente.

Oh, Dios. Por alguna razón las bromas sexuales de Connor eran más peligrosas que su antiguo tono sarcástico.

–Puede que tenga que tomar el antídoto una vez al día –murmuró él, y Allison casi se atragantó con el café–. No te preocupes, petunia. A juzgar por lo de anoche, estás más que preparada. Supongo que no debería sorprenderme el hecho de que seamos dinamita en la cama, dado lo acostumbrados que estamos a meternos el uno con el otro.

–Mmm –dijo ella encogiéndose de hombros,

como si él le hubiera dicho algo tan insignificante como qué tiempo hacía fuera–. Supongo que debería sentirme halagada.

Él se puso de pie y sonrió.

–Vístete antes de que me vea tentado de demostrarte lo halagada que deberías sentirte.

Allison apoyó la barbilla sobre la mano y miró la lluvia a través de la ventana de la cocina. Sabía que probablemente tendría una expresión bobalicona y de ensoñación, pero había pasado una semana desde que habían regresado de Berkshires y la semana había rozado lo idílico.

Su relación con Connor se había instalado en una rutina mejor. Después de que Connor la recogiera de la oficina, normalmente preparaban juntos la cena y luego trabajaban o veían una película. Se sentía agradablemente sorprendida de descubrir que las habilidades de Connor en la cocina se extendían más allá de las tortitas y las barbacoas.

–Necesidad –había dicho él con una sonrisa–. Un tipo soltero que vive solo, cocina o se muere de hambre. Tras un tiempo se hace aburrido comer de una lata.

Ella había puesto una cara y él se había reído.

Allison también había descubierto que sus gustos cinematográficos diferían. A él le gustaban las películas de aventuras y acción mientras que ella prefería las comedias románticas, así que se habían asentado en los dramas legales con una subtrama romántica.

Sus veladas normalmente terminaban a la luz

de las velas de su habitación. Había sido alucinante ver a Connor invadir una habitación tan salvajemente femeninaza.

A pesar de las amenazas que rondaban por su cabeza, la pasada semana la había dejado con un sentimiento de plenitud y de bienestar que nunca había experimentado.

Sabía que corría el peligro de enamorarse de él. Pero en vez de sentirse alarmada, se sentía feliz.

No cabía duda de que Connor la deseaba. Su cara se sonrojaba cada vez que recordaba los diferentes modos en que lo había demostrado. Y, como una vez le había dicho a su cuñada cuando pensaba que estaba teniendo problemas con Quentin, que el deseo a veces era el camino hacia el amor.

Si Connor no la amaba todavía, al menos podría llegar a darse cuenta de que tenía unos sentimientos más profundos por ella. Sobre todo si el futuro iba a ser como la pasada semana.

Volvió a mirar al cielo de aquel sábado por la tarde. La lluvia no había cesado y Connor no había regresado de su reunión de negocios. Llevaba esperándolo una hora para ir a hacer algunos recados, entre los que se encontraba comprar más comida.

Llevaba todo el día planeando una cena a la luz de las velas. Los dos solos, brindando con sus copas de vino, saboreando su ensalada de pera, el faisán, la crema de espinacas y los tomates al horno.

La ensalada estaba en el frigorífico, los ingredientes para la crema de espinacas listos par mezclar y el faisán y los tomates preparados para meter al horno en cuanto Connor regresara.

Miró el reloj. Las seis y media. ¿Dónde estaría? Su reunión debía de haberse alargado.

Se preguntaba si tendría tiempo de salir antes de que regresara. La mayoría de la comida que necesitaba podía esperar al día siguiente, pero había descubierto que le faltaban algunos ingredientes para el pastel que quería hacer de postre.

Volvió a mirar el reloj y se mordió el labio. Podría salir corriendo al supermercado y volver en nada de tiempo. Connor ni siquiera tendría que enterarse.

Acabó por decidirse, tomó un papel y escribió una nota por si acaso Connor regresaba antes que ella. *He ido al supermercado. Vuelvo pronto.* Usó cinta adhesiva para pegar la nota al espejo de la entrada. Luego agarró su bolso.

Como había imaginado, no le llevó nada de tiempo llegar al supermercado. Debido a la lluvia, había menos gente que de costumbre.

Cuando salió fuera de nuevo, la lluvia había cesado, pero el cielo gris y la niebla hacían que todo pareciese oscuro y tenebroso.

Comenzó a cruzar el aparcamiento en dirección a su casa, sujetando con fuerza las dos bolsas y el bolso.

Divisó el coche y se dio cuenta una vez más de que la nueva pintura, que le había costado un dineral, había conseguido cubrir las pintadas que le habían hecho semanas atrás.

Sin embargo algo parecía extraño. Al acercarse se dio cuenta de que la parte de atrás del coche estaba ligeramente inclinada hacia abajo.

¿Habría tenido un pinchazo?

Dejó las bolsas en el suelo, caminó entre su coche y el que estaba aparcado al lado, y se inclinó para inspeccionar el neumático trasero.

Había un corte limpio en la goma.

El corazón le dio un vuelco.

Alguien le había pinchado el neumático.

Oyó un coche acercándose a ella y automáticamente se puso en pie.

Sonó un disparo, seguido casi al instante de otro. Se agachó justo cuando el parabrisas crujió.

El corazón le iba a mil por hora mientras pensaba en algún modo de salir de aquello. Fuera quien fuera el que hubiera disparado, había pasado con el coche por delante de ella, pero eso no significaba que no pudiera dar la vuelta y volver a intentarlo.

Se incorporó ligeramente arriesgándose a mirar el color y el modelo del coche que conducía el asaltante, pero no vio nada.

–¡Socorro! ¡Que alguien llame a la policía! –gritó mientras buscaba su móvil en el bolso.

Entonces escuchó pisadas en el pavimento y se agachó más.

–¡Allison, por el amor de Dios, agáchate!

Era la voz de Connor que le gritaba mientras corría. Entonces se oyó el sonido de un coche que salía disparado del aparcamiento derrapando con los neumáticos.

–¡Maldición! –exclamó Connor.

Siguió maldiciendo mientras se acercaba a Allison.

Ella se puso en pie, quitándose el pelo de la cara, y salió de entre los coches.

–He tratado de ver quién era, pero estaba demasiado lejos –dijo él.

Allison deslizó la mirada hacia abajo y vio la pistola que Connor llevaba en la mano. ¿De dónde la había sacado?

Cuando volvió a levantar la mirada, se fijó por primera vez en la cara de Connor.

Parecía estar verdaderamente furioso.

Capítulo Siete

Mientras conducían de vuelta a la casa, Connor mantuvo el control. Pero sólo porque tenía que hacerlo.

Acababan de terminar de hablar con la policía, que había recuperado un par de balas poco comunes de la escena. Con suerte la policía pronto tendría alguna teoría sobre el calibre y el modelo de la pistola que había utilizado el asaltante.

Por desgracia, en el parking no había nadie a la hora del tiroteo, probablemente debido al mal tiempo. De las dos personas que la policía había interrogado y que habían visto el coche, una decía que era gris, mientras que la otra aseguraba que era azul.

En cualquier caso, Connor dudaba que el asaltante fuera tan estúpido como para usar un vehículo con una matrícula que pudiera delatarlo, aunque se aseguraría de que la policía, al igual que sus hombres, se ocupara de ello.

Por otra parte, el perfil que Allison y él habían hecho sobre el agresor no servía ya para nada.

El asaltante había pasado de las amenazas al vandalismo de la propiedad. Había demostrado que estaba lo suficientemente desesperado como para intentar un ataque directo contra Allison.

No sólo eso, sino que aparentemente había rajado el neumático de Allison antes de disparar, para hacerle más difícil la huida.

Connor no estaba convencido de que las pistas señalaran hacia algún miembro de la banda de Taylor. Y se inclinaba más hacia Kendall. El asaltante de Allison, por suerte, no tenía buen tino. Mientras que era posible que el incidente hubiera sido planeado como un tiroteo perpetrado por una banda, el hecho de que el trabajo hubiera salido mal levantaba serias dudas en la mente de Connor.

En cuanto había regresado a casa y había visto la nota de Allison, había salido tras ella, tratando de localizarla con el móvil y sin tener éxito. Al llegar al parking había girado a la izquierda frente al supermercado, y nada más bajar del coche había oído el primer disparo. Había sentido un miedo que lo había dejado helado mientras sacaba su propia pistola.

Giró la cabeza y vio a Allison sentada en el asiento del copiloto. Estaba mirando al frente, aún parecía agitada.

El silencio reinó entre ellos hasta que llegaron a la casa. En ese momento Connor decidió que era el momento de conseguir algunas respuestas.

–Creo recordar haberte dicho que te quedaras en casa –dijo secamente–. Corrígeme si me equivoco, pero salir al supermercado no me parece a mí quedarse en casa.

–Te retrasabas –respondió ella con cierta irritación–. Y, en cualquier caso, me niego a estar prisionera en mi propia casa.

–De acuerdo –dijo él mientras la seguía hacia el salón–. Parece que prefieres acabar muerta.

Allison se detuvo y lo miró con ira.

–Eso es demasiado tajante. En cualquier caso, aunque hubieses estado conmigo, también podían haberme disparado.

–Cierto, pero se trata de probabilidades, princesa, y habría sido menos probable –contestó él–. Él, o quienquiera que fuera el que te disparó, se lo habría pensado dos veces si hubiera visto que tenías seguridad.

–¿Desde cuándo llevas una pistola? –preguntó ella.

–¿Qué te crees que significa estar en el negocio de la seguridad, petunia? Claro que tengo una pistola.

No añadió que era considerado un buen tirador. Sus clientes esperaban de él que les proporcionara seguridad plena, y eso implicaba usar una pistola si era necesario. Por suerte nunca había sido necesario, hasta ese día, porque solía usar otros medios para conseguir resultados.

–Y no me puedo creer que persiguieras a ese loco –dijo ella–. Podría haberte matado.

¿Acaso estaba preocupada por él? En otras circunstancias se habría sentido halagado, pero en ese momento seguía furioso por el modo en que Allison había ignorado sus instrucciones.

–Entonces ¿por qué saliste? –preguntó–. ¿Qué era tan importante que no pudiera esperar a que regresara? Al menos podías haberme llamado al móvil.

Ella se quedó quieta, sin mirarlo, pero entonces giró la cabeza y lo miró.

Parecía avergonzada, aunque eso no tenía sentido.

–¿Qué? –insistió Connor.

–Estaba planeando una cena romántica –dijo ella finalmente–. Para dos. Necesitaba algunos ingredientes.

Aquel argumento lo dejó perplejo. ¿Era eso? ¿Ése era el recado importante que le había dicho a la policía? A él no le habría importado comer cartón si con eso ella se hubiera quedado en casa.

Lo único bueno que había salido del tiroteo era que a partir de ese momento, la policía estaría frente a la casa cada vez que Allison estuviera dentro. Se estaban tomando más en serio las amenazas.

Aun así, la declaración de Allison había revelado una desagradable verdad: ambos se habían centrado más en explorar aquella recién encontrada química sexual entre ellos que en mantenerla a salvo.

En vez de considerarlo como a un guardaespaldas cuyas órdenes habrían de ser seguidas al dedillo, Allison pensaba en él como un amante que no se pondría furioso con ella necesariamente si desobedecía sus órdenes. Había salido de casa y puesto en peligro su vida porque estaba planeando sorprenderlo con una cena romántica.

Por su parte, por mucho que había estado tratando de convencerse de lo contrario, acostarse con ella lo había cambiado todo. Él no era el experto con la cabeza fría que tenía que ser en las situaciones de peligro. Por el contrario, había implicado sus emociones porque la idea de que algo pudiera pasarle a Allison lo desconcertaba.

–¿Es eso? ¿Sales corriendo a la tienda para poder hacer la cena? –preguntó mientras se pasaba la mano por el pelo–. ¿Dónde está tu sentido común?

–Obviamente en el lugar equivocado –dijo ella cruzándose de brazos–, ya que estaba pensando en cocinar para ti. Evidentemente estaba perdiendo el tiempo.

–Sigues siendo la misma cabezota de siempre, ¿verdad? ¿Cuándo vas a aprender a pensar antes de actuar?

–Bueno, ahora estoy pensando –dijo ella con frialdad descruzando los brazos–. Y lo que pienso es que llevar nuestra relación un paso más allá fue un error. Debí haberlo sabido.

¿Debía haberlo sabido? Diablos, él debía haberlo sabido. Debería haberlo pensado mejor antes de involucrarse con ella.

Él y Allison venían de mundos diferentes, y había sido un tonto por haberlo olvidado aunque sólo fuera un minuto. Ella era la hija de una familia dinerada y el siempre sería el tipo que salió de la miseria de los barrios del sur de Boston.

Incluso después de Harvard, incluso después de más de diez años construyendo una empresa multimillonaria, seguía siendo como antes. Su acento del sur de Boston salía si no tenía cuidado. Y francamente, no se mezclaba con la gente del club de campo y nunca lo haría.

–Puedes intentar pensar que he sido un error –dijo él–, pero somos dinamita en la cama.

–Vete a la...

–Apuesto a que los chicos guapos del club de campo no han hecho tan buen trabajo a la hora de satisfacerte, ¿verdad, petunia? De otro modo no estarías dispuesta a pasar una noche loca con un tío que ha visto lo peor de la vida.

–Es cierto, Rafferty, y me alegra que te hayas dado cuenta, porque eso es lo que has sido. Un jugueteo agradable. No alguien con quien me plantearía tener una relación de verdad.

Él la agarró del brazo obligándola a mirarlo, pero Allison se liberó de su mano.

–¡Déjalo! –dijo ella con ira en los ojos.

Ignorando su petición, la siguió por el pasillo hacia la parte trasera de la casa. No habían terminado. No soportaba que ella tratase de calificarlo como una aventura sin importancia.

Allison entró en la cocina y se dirigió al fregadero.

–Maldita sea, no hemos terminado.

–Oh, claro que hemos terminado –dijo ella sin girar la cabeza mientras comenzaba a fregar un vaso–. Hemos terminado, se acabó.

–Si eso es lo que crees, petunia, entonces los duendes viven al final del arco iris.

–Lo que creo, Rafferty –dijo ella girándose–, es que necesitas que te bajen los humos.

Un chorro de agua fría lo golpeó en la cara antes de poder reaccionar.

–¡Pero qué…! –exclamó, y levantó los brazos para protegerse la cara mientras caminaba hacia ella.

Los dos forcejearon con la manguera del fregadero mientras el agua los empapaba a ambos, hasta que Connor consiguió quitársela de las manos.

Estaba a punto de decirle exactamente lo que sentía, pero entonces se fijó en la parte delantera de su camisa blanca, que estaba pegada a ella, haciendo visibles su pezones a través del sujetador y de la tela.

Se le calentó la sangre.

Ella levantó los brazos para taparse.

–No –murmuró él.

–Al infierno, Rafferty –susurró ella–. Yo no quiero esto.

–Si lo queremos o no parece estar fuera de toda discusión –dijo él–. Hay algo entre nosotros y siempre lo ha habido.

Allison meneó la cabeza salpicándolos a los dos.

–No sé lo que quieres decir.

–Mentirosa –dijo él suavemente.

Estaban prácticamente pegados. Él deslizó la mirada hacia su boca, que se separó ligeramente para respirar.

–Eso es, cariño –añadió–. Déjame ver cómo te sientes.

–Vete a la...

Connor agachó la cabeza en ese momento y se tragó el resto de la frase con un beso desesperado, tan desesperado como su deseo.

Aún seguía excitado por la adrenalina que se había desatado en el parking, sólo que en esa ocasión la realidad de su experiencia cercana a la muerte se mezclaba con el alivio, y canalizaba esa energía hacia el deseo sexual. Ni siquiera el hecho de comprender qué era lo que tanto lo provocaba era suficiente para que su inteligencia venciera a sus instintos más primitivos.

Ella gimió en sus brazos, enredando las manos en su pelo.

Connor la sentó sobre la encimera, colocándose entre sus piernas mientras se le subía la falda.

Sus bocas calientes se mezclaron con besos desesperados. Él ansiaba estar dentro de él, dar rienda suelta a la frustración buscando la liberación sexual que allí lo aguardaba.

Levantó la cabeza y le sacó la camisa por fuera de la falda, desabrochándole los botones en su necesidad por librarse de ella.

Cuando le hubo quitado la camisa, inclinó la cabeza para acercar la boca a uno de sus pezones a través del sujetador.

–¡Connor!

Connor pasó la boca al otro pecho y le colocó la mano en la espalda.

Sintió sus dedos enredándose en su pelo, a la vez que se le aceleraba la respiración.

–Por favor –susurró ella.

El deseo de Allison lo excitaba aún más.

Levantando la cabeza, Connor dejó que ella le sacara la camisa por fuera de los vaqueros.

Sus movimientos eran feroces y desesperados mientras ambos intentaban quitarle la camisa empapada.

Cuando la camisa cayó al suelo, Connor se dio cuenta de que no iban a poder esperar mucho más.

–Espera –dijo él mientras se desabrochaba los pantalones.

–Sí –dijo ella casi sin aliento mientras él le quitaba la ropa interior–. Connor.

Él la colocó en el borde de la encimera y luego la bajó, colocándola sobre él mientras se echaba para delante. Tomó el ritmo entonces, abandonándose a las sensaciones y a la pasión mientras ella se agarraba a él, envolviéndolo con las piernas, apoyando la cabeza sobre su hombro y respirando con rapidez.

Connor apretó los músculos a medida que su respiración se iba entrecortando más. Ella gimió y se arqueó en sus brazos.

El clímax mutuo fue rápido y poderoso. Él la sintió gemir y gritar su nombre segundos antes de entrar en una espiral de convulsiones que lo dejó casi sin sentido.

Dándose cuenta de que una vez más se había perdido en sus pensamientos, Allison dejó el lapicero que había estado golpeando contra el escritorio que a veces llamaba suyo en la oficina del fiscal.

Los sucesos del sábado por la noche se repetían una y otra vez en su cabeza.

¿Qué lo había llamado? Princesa cabezota.

¡Cómo se atrevía! Había hablado y se había comportado como si ella no hubiese cambiado en absoluto. Como si siguiese siendo una adolescente consentida. Incluso ahora que apreciaba de manera distinta sus instintos de protección, no podía excusarlo por la manera en que la había etiquetado.

Sus palabras y sus acciones se repetían una y

otra vez porque, en esa ocasión, en vez de simplemente visitar un bar porque estaba enamorada de él, realmente se había acostado con él. Había permitido que la desnudara tanto física como emocionalmente. La traición esta vez era mucho más profunda.

Había comenzado a pensar que tenían un nuevo entendimiento, uno basado en el respeto mutuo. En vez de eso, parecía que Connor no había dejado de pensar en ella más que como en una pequeña heredera malcriada, sólo que una con la que tenía una intensa química sexual.

De hecho, tras el tiroteo, se había comportado al igual que su familia con la sobreprotección. La había regañado como si en su interior siguiese habitando la adolescente carente de sentido común.

Su relación, por corta que hubiera sido, había sido un error. Ahora estaba segura de eso. No había manera de que pudieran tener una relación real cuando él había dejado claro que no la veía más que como a una princesa mimada.

Había estado loca por planear recibirlo con una cena romántica. Debía haberle preparado simplemente unos macarrones con queso, o incluso haberle dado una cuchara para que comiera directamente de una lata.

Los hombres eran unos animales.

Al pensar eso, se sonrojó recordando su encuentro en la cocina después de la pelea.

Debería haberle dado un rodillazo y marcharse. Sin embargo, una mezcla entre alivio por haber salido ilesa del tiroteo, y de rabia hacia él, hizo que todo acabara con una sesión de sexo, como si Connor hubiera necesitado más pruebas de que ambos eran unos amantes geniales.

No paraba de pensar en la referencia que había hecho a la atracción que siempre había existido entre ellos. ¿Acaso sabía lo de su encaprichamiento adolescente por él? ¿Acaso sabía que aquella noche ella había aparecido en el bar esperando verlo?

Al menos eso no se lo había reconocido. Eso habría hecho que su humillación fuese completa.

Sonó el teléfono sacándola de su ensimismamiento. Descolgó el auricular y contestó:

–¿Sí?

–¡Allison!

–Hola, Quentin –dijo ella con frialdad. Su hermano seguía estando en su lista negra.

–¡Gracias a Dios que estás bien!

Obviamente alguien le había contado a su hermano el incidente del sábado, los detalles del cual habían permanecido milagrosamente alejados de los periódicos, y ella podía imaginarse quién se había ido de la lengua.

–Sí, estoy bien. No tienes por qué preocuparte.

–¿Que no tengo por qué preocuparme? –dijo Quentin–. ¿Estás loca? ¿Podían haberte matado y eso es lo único que se te ocurre decir?

–Bueno, como puedes ver, no me han matado. Así que siento decirte que tu hermana pequeña sigue aquí para atormentarte.

–Déjate de superficialidades, Ally –dijo su hermano con impaciencia–. Tienes suerte de que mamá y papá estén de vacaciones en Europa y que Noah y Matt estén de viaje de negocios. De otro modo, todos estarían detrás de ti.

–Como si no lo supiera –murmuró ella.

–¿Qué?

–Nada.

–Maldita sea, si incluso habría ido yo allí si no fuera porque tengo gente importante que viene a la oficina esta mañana –dijo Quentin–. En cualquier caso, Connor me ha asegurado que lo tiene todo bajo control.

–Oh, sí, claro.

–Allison, por el amor de Dios, ¿Por qué no tratas de escuchar a Connor para variar? Sé que casi no os podéis soportar…

Allison se preguntaba cómo habría reaccionado Quentin si hubiera sabido que ella y Connor habían descubierto algo en lo que se llevaban bastante bien.

–… pero está allí para protegerte, y es uno de los mejores en el negocio. Así que ¿por qué no tratas de no hacerle más difícil su trabajo de lo que ya es?

–Yo también tengo un trabajo, Quentin –dijo ella–. Y es poner a los malos entre rejas. Por desgracia puede que eso implique algunos riesgos.

–Correcto, y ésa es otra cosa –dijo Quentin, e hizo una pausa para aclararse la garganta–. ¿Has pensado en lo que vas a hacer después de la oficina del fiscal? Llevas allí ¿cuánto? ¿Cuatro, cinco años?

–Casi cinco. ¿Pero a quién le importa cuando te lo pasas bien?

–No creo que la familia pueda aguantarlo mucho más, Allison. Este último episodio del tiroteo puede que sea la gota que colme el vaso de mamá y papá.

–¿Se lo has dicho?

–Todavía no, pero alguien tiene que hacerlo, porque los periódicos relacionarán tu nombre con el suceso tarde o temprano.

–Está bien, lo sé.

Ya podía imaginarse los titulares. Los años de trabajo duro intentando forjarse una identidad al margen de su familia se evaporarían ante sus ojos.

–Lo único que digo es que quizá quieras empezar a pensar en cuándo va a acabar esto de la oficina del fiscal. Es demasiado peligroso. Connor dice que el periodo habitual son dos años o así.

¿Connor había dicho eso? Le hubiera gustado saber qué más cosas había dicho.

–Quizá no sea sólo un periodo. ¿Has pensado en eso? Quizá quiera ascender en la oficina del fiscal. Además yo no soy la única que corre riesgos, Quentin. Todo el mundo en la oficina tiene un trabajo duro. Si no fuera yo, sería otro.

–Muy bien, todo eso es muy bonito, pero la realidad es que se trata de ti –la contradijo Quentin–. Eres tú a la que han estado amenazando. Eres tú a la que han disparado. Y no me digas que tu nombre y el dinero de tu familia no te sitúan en una posición más arriesgada de lo normal.

Entonces pensó en las amenazas telefónicas que había recibido. Secuestrada por dinero. Quentin, sin saberlo, había dado en el blanco.

–No pienso quedarme encerrada sólo por mi nombre –dijo ella–. Y puedes decirle a tu amigo Connor que no se preocupe. No intentaré volver a prepararle la cena nunca.

Si eso era posible, estaba más enfadada con Connor cuando colgó el teléfono.

Había vuelto a chivarse a su familia. Ni siquiera había esperado a que se lo contara ella. En vez de eso, no había perdido el tiempo para contarle la historia entera a Quentin, como si ella siguiera siendo una adolescente recalcitrante.

¿Y encima tenía el coraje de sugerirle a Quentin que ella debería empezar a pensar en cambiar de trabajo porque la oficina del fiscal era demasiado peligrosa? Seguro que era así como a Quentin se le había ocurrido la idea.

No debería sorprenderla viniendo de Connor.

Entornó los ojos. Si Connor pensaba que las cosas entre ellos se habían enfriado, sería mejor que se preparase para la ventisca.

Capítulo Ocho

Connor se miró al espejo y trató una vez más de hacerse el nudo de la corbata del esmoquin.

Durante la última semana, él y Allison se habían evitado en todo lo posible aun viviendo bajo el mismo techo. Aquello no había sido tan difícil como habría podido ser, dado que ella había estado trabajando hasta tarde durante toda la semana. Como resultado, él había podido ponerse al día con el trabajo de la oficina y organizado algunas reuniones.

Sin embargo la tensión entre ellos continuaba aumentando, a pesar del hecho de que él hubiese vuelto a dormir en el dormitorio del final del pasillo. Aún estaba furioso con ella, pero también sufría una inmensa frustración sexual.

Eran como dos tigres dando vueltas cada uno en su jaula. Y por desgracia sus días de dar vueltas iban a llegar a su fin.

Aquella noche era el baile de Cortland, y sabía que era el más importante y antiguo baile benéfico de la temporada social de Boston.

Normalmente evitaba ese tipo de eventos como una plaga, pero la fundación Whittaker era una de las patrocinadoras más importantes ese año, así que Allison tenía que ir. Y si Allison tenía que ir, él tenía que ir.

A pesar de que casi ni se hablaran. A pesar de que el nudo de la corbata lo estuviese ahogando, pensó mientras se pasaba la mano por el cuello tras haber conseguido hacer el lazo. Dejó el dormitorio y se dirigido abajo.

Uno de los que iba a asistir al evento era ese tal Hugo Kendall, el ejecutivo cuya acusación llevaba Allison. Sería una oportunidad estupenda para estudiar a uno de los mayores sospechosos de las amenazas de Allison.

Cuando Connor llegó abajo, comprobó los mensajes de su móvil y se resignó a tener que esperar hasta que Allison estuviese lista.

Diez minutos después, un sonido lo alertó de su presencia segundos antes de miar hacia arriba. Cuando lo hizo, la visión de Allison lo dejó sin aliento.

Iba metida en un vestido azul cielo sin mangas que se ajustaba a su cuerpo como un guante. El estilo de su pelo, recogido gracias a un estilista que había ido a casa, acentuaba su aire de elegancia.

Al bajar las escaleras, la abertura del vestido se abrió para revelar unas piernas perfectas. Llevaba un pequeño bolso plateado en una mano y las joyas brillaban en su muñeca y en sus rejas.

Connor notó que eran diamantes. Sin embargo llevaba el cuello desnudo.

Pensó que, si hubieran estado casados, él le habría regalado diamantes para adornar su cuello también. Habría cubierto de besos su cuello, hasta el canalillo que revelaba el escote en forma de corazón del vestido. Sobre todo porque su aspecto estaba diseñado para desafiarlo, a él o a cualquier hombre de sangre caliente.

Parecía realmente como la princesa que a veces le decía que era. Excepto que, en esa ocasión, no se sentía con ganas de bromear, sino atraído por ella.

Cuando Allison llegó al último escalón, Connor trató de apartar aquellas imágenes de su cabeza y le extendió la mano.

Sus ojos echaban fuego, pero dejó que la acompañara el resto del camino. Y, mientras que la expresión de su cara decía que seguía molesta con él, el color de sus mejillas decía que no era inmune a la atracción física entre ellos.

Él se había alegrado cuando le había dicho que no tenía un escolta para esa noche. Si hubiera sido así, estaba seguro de que habría querido deshacerse de él.

–¿Te gusta? –preguntó ella con la barbilla levantada.

–Para eso tendría que quitarte el vestido –contestó él sabiendo que sus palabras la enfadarían más.

–Entonces tendrás que esperar mucho tiempo –dijo ella con frialdad mientras abría la puerta del armario para sacar un chal–. Y si tus párpados van a estar así de abiertos toda la noche, será mejor que lleves colirio.

–¿Por qué no llevas una botella de eso para mí? –preguntó Connor–. Así cuando lo necesite, porque pienso estar mirándote toda la noche, princesa, podrás venir a administrármelo.

Ella cerró el armario de un portazo con el chal en la mano y dijo:

–La única cosa que te voy a administrar es una patada en…

–Eh, eh –la interrumpió–. Es un baile benéfico, ¿recuerdas? ¿Y la beneficencia no empieza en la propia casa?

–Deja que te diga una cosa, Rafferty, por si el mensaje todavía no te ha quedado claro –dijo ella mientas abría la puerta principal–. No me siento precisamente benéfica con respecto a ti últimamente.

Cuando llegaron a la sala Riverton, donde se celebraba la gala, Connor vio que Allison no perdió el tiempo en alejarse de él para mezclarse con el resto de invitados durante el cóctel anterior a la cena. Parecía conocer a la mayoría de la gente y se socializó con facilidad.

¿Y por qué no? Había crecido en ese mundo, pensaba él.

Verla en su territorio natural dejaba ver las diferencias en sus respectivos pasados. Se había sentido furioso cuando ella le había echado en cara esas diferencias durante su discusión pero, si tuviera que admitir en algún momento que esas diferencias minarían una relación entre ellos, ése sería el momento perfecto.

Bebió de su copa de vino y vio cómo Allison sonreía a uno de los invitados. El tipo la miraba como si fuese un adorno que iba a colgar en su ilustre libro de familia.

Connor creía recordar que se llamaba Sloan. Un miembro de la familia Makepeace.

Connor apretó los labios al ver a Sloan acercarse a Allison. Entonces recordó que tenía un trabajo que hacer, y era proteger a Allison. Pensaba tener los ojos pegados a ella, pero sólo para asegurarse de que estaba a salvo y se quedaba quieta.

Connor dio otro trago al vino y rastreó la sala, a tiempo de ver a Hugo Kendall aparecer por una de las puertas.

El hombre parecía más bajo y gordo de lo que parecía en las fotos que Connor había visto en los periódicos. Estaba medio calvo, tendría unos cincuenta años y no superaba la estatura media.

Connor observó mientras Kendall y su cita, una gran dama de la vida social de Boston, se movían entre los invitados. Si las noticias eran ciertas, la década de matrimonio de Kendall había finalizado unos años atrás y desde entonces se había convertido en un hombre muy popular en la ciudad.

Allison tenía razón. El estatus social de Kendall era esencial para él. Si las denuncias por malversación llegaban a mayores, estaría arruinado. No sólo entraría en prisión, sino que sería expulsado de la alta sociedad.

Por su posición, Kendall tenía poco más que su dinero para poder asistir a eventos como el baile de Cortland.

Connor había hecho algunas averiguaciones y sabía que Kendall ni procedía de una familia ilustre ni tenía contactos de juventud con nadie de la gente que allí estaba.

De acuerdo con su investigación, Kendall había crecido en una familia de clase media alta en New Hampshire y había ido a escuelas públicas antes de graduarse en la universidad con un título en económicas y después mudarse a Boston para comenzar su ascenso en la vida social.

Connor miró a Allison y vio que ella también se había percatado de la llegada de Kendall. Sabía sin necesidad de preguntar que ella debía evitar a Kendall. Sería impropio para un fiscal de la acusación hablar con el acusado de uno de sus casos.

Por otra parte Kendall parecía tranquilo a pesar del hecho de que casi todo el mundo que allí había debía de pensar que había tenido la audacia de aparecer incluso aunque Allison estaría allí.

Connor entornó los ojos. Si Kendall era su hombre, entonces el acechador de Allison era un hombre astuto. Exactamente el tipo de hombre que sería difícil de atrapar. Y exactamente el tipo de hombre al que pretendía estar observando como un halcón.

Allison miró alrededor de la sala. Había conseguido despistar a Connor por el momento. Por desgracia sus padres se acercaban a ella.

–Hola, mamá.

–Ally –dijo su madre dándole un beso antes de echarse hacia atrás para mirarla con preocupación–. ¿Cómo te sientes? ¿Estás durmiendo bien? Porque si no es así…

–Mamá, estoy bien –dijo ella. Ya había hablado con sus padres aquella semana sobre el tiroteo, pero les había ahorrado los detalles que seguramente los habrían preocupado innecesariamente.

Sus padres se miraron. Su padre era una versión mayor de Quentin, pero su pelo negro estaba salteado con algunas canas, dándole un aire distinguido.

–Deberías habernos dicho que habías recibido otra amenaza en el correo días antes del tiroteo –dijo su padre.

Allison tuvo que contener su irritación. Parecía que Connor había estado hablando con ellos una vez más.

–No quería preocuparos mamá y a ti sin necesidad –dijo ella, esperando que la explicación fuese de su agrado–. Estabais de viaje la semana pasada a miles de kilómetros. No había nada que pudierais si no preocuparos más de lo que ya lo habéis hecho últimamente.

–Claro que nos habríamos preocupado –dijo su madre.

–Gracias a Quentin tengo un guardaespaldas, ¿recordáis? Tomó precauciones.

–Connor dijo que habías salido sin él cuando te atacaron –dijo su padre.

¿Qué más les habría dicho a sus padres? Lo único que le faltaba para que su humillación fuese completa era que les hubiese contado la razón por la que había salido de casa.

–Connor ha estado diciendo muchas cosas estos días –dijo Allison, y vio cómo Quentin dejaba a Liz, que estaba hablando con otra mujer, y se acercaba a ellos–. ¿Qué más cosas ha estado diciendo Connor, Quent?

–Eh, sólo trata de ayudar –dijo Quentin.

–Pensé que simplemente iba a tener un guardaespaldas –dijo ella indignada–, pero parece que Connor también trabaja como espía.

–Ahora, Allison…

–Deberías haberme advertido, Quent. Si hubiera sabido que Connor iba a informarte a ti y a los demás de todo, al menos le habría dado algo interesante de lo que informar. Ya sabes, fiestas salvajes, bailes sobre las mesas, hombres colgados de la lámpara, strippers masculinos…

–De hecho –dijo Quentin–, obtener información de Connor es como abrir una ostra con las manos.

–Oh, venga –dijo ella inclinando la cabeza–. ¿Me vas a decir que no perdió el trasero la semana pasada para decirte lo del tiroteo? ¿Incluso antes de que yo tuviera la oportunidad de descolgar el teléfono?

–Sólo porque yo lo llamé para saber qué diablos había ocurrido la noche anterior. Había recibido una llamada de la policía para decirme que harían todo lo posible por mantener a los periodistas alejados de la noticia del tiroteo. Una de las ventajas de ser un donante importante en las beneficencias de la policía es que se acuerdan de uno cuando su hermana se ve involucrada en un tiroteo. Naturalmente tuve que preguntar qué tiroteo.

–Yo iba a llamarte –dijo Allison sabiendo que aquello sonaba un poco defensivo. La verdad es que no había querido tener esa conversación con su hermano ni con nadie de su familia por esa razón. Sabía que su familia habría caído entre la alarma y el pánico, y no se equivocaba.

–Tras recibir la llamada de la policía –continuó Quentin–, llamé a Connor.

–¿No quieres decir que lo interrogaste? –preguntó ella–. ¿Y por qué no te molestaste en llamarme a mí primero?

–Porque, conociéndote, sabía que tendría más posibilidades de que él me contara la historia completa.

–¿Quieres decir que yo habría mentido? –preguntó ella cruzándose de brazos.

–Se trata más bien de omisión de datos.

–Lo que sea.

–Y sí, lo creas o no, tuve que amenazar a Connor –prosiguió Connor–. Al principio me dijo que te llamara. La única razón por la que aceptó decirme algo fue porque yo ya lo sabía todo más o menos gracias a la policía.

Así que quizá Connor no había ido corriendo a contarle a su hermano lo sucedido.

–Debo decir que estoy de acuerdo con Quentin –dijo su madre–. Connor parecía reacio a entrar en detalles sobre el tiroteo cuando tu padre y yo le preguntamos. Francamente, creo que quería ahorrarnos preocupaciones innecesarias.

–Y, por cierto –dijo su padre–. Connor no fue el que nos contó lo de la amenaza en el correo. Es algo que la policía mencionó cuando llamó a Quentin.

Allison miró por la sala y su mirada se encontró con la de Connor. Su expresión le decía que se estaba debatiendo sobre si acercarse o no. Ella meneó la cabeza casi imperceptiblemente. No necesitaba su ayuda para lidiar con su familia.

Sin embargo le debía una disculpa, al menos

por haber sacado la conclusión precipitada de que había ido corriendo a informar a su familia de todo.

Sentarse al lado de Connor durante la cena fue una tortura para Allison. Su familia, por suerte, estaba sentada en otras mesas. De otro modo habría resultado más difícil fingir interés por la charla que se desarrollaba en la mesa.

Dio otro mordisco a su postre. Por suerte el invitado sentado a su izquierda se había excusado para ir a saludar a gente que conocía en otra mesa.

Quería solucionar las cosas con Connor. Quería disculparse. Al mismo tiempo, sin embargo, seguía molesta por la actitud prepotente que había adoptado tras el tiroteo. Él también le debía una disculpa.

Le dirigió una mirada furtiva. Estaba hablando con la invitada que tenía a su derecha, la mujer de un congresista. Connor estaba especialmente guapo con el esmoquin aquella noche. La combinación era increíblemente sexy, y al parecer, la mujer del congresista opinaba lo mismo.

Se sintió sorprendida ante los celos que sintió. Sin embargo no tuvo necesidad de ponerse a analizar aquella sensación porque en ese momento Connor se volvió para hablar con ella.

–¿Bailas? –preguntó él con una sonrisa–. Creo que podemos sobrevivir, ¿no crees? Además, sería extraño si no diésemos ni una vuelta por la pista –añadió señalando al resto de los comensales de la mesa, que se habían levantado ya.

Ella asintió y dejó que la ayudara a levantarse. Quizá la pista de baile le proporcionara la privacidad suficiente para llevar a cabo su disculpa.

Cuando llegaron a la pista, él la acercó a su cuerpo para bailar una lenta. Su tacto era firme y ligero a la vez, e hizo que Allison sintiera la excitación por todo el cuerpo casi al instante.

Durante un rato estuvieron bailando sin hablar, deslizándose por la pista al ritmo de una canción lenta hasta que la tentación de descansar la cabeza sobre su hombro se hizo palpable.

Sacudió la cabeza mentalmente. Había cosas que quería decirle y sería mejor que empezara cuanto antes.

Sin embargo, antes de que pudiera decir nada, Connor acercó la boca a su oído y susurró:

–Eres la viva imagen del silencio.

Ella levantó la cabeza y vio la ironía en sus ojos. Ella estaba en sus brazos pensando que tenía que disculparse y él simplemente se burlaba de ella. Decidió que la disculpa podría esperar un poco más.

–Y tú serías la viva imagen de la humildad, pero no veo que muestres ninguna.

–Ésa es mi chica –dijo él riéndose abiertamente–. Me preguntaba dónde estaría tu temperamento. Parecías tan desinflada como un globo durante la cena.

–Esta noche lo tuyo son los cumplidos.

–¿Es eso lo que quieres? ¿Cumplidos? –preguntó él.

–No seas ridículo.

Él inclinó la cabeza fingiendo pensar antes de aclararse la cabeza y mirarla a los ojos.

–Tus ojos tiene el color y el brillo de la aguamarina, tu pelo la oscuridad y la exuberancia del cielo nocturno.

–Para –dijo ella. Aunque sabía que bromeaba, sus palabras la complacían.

–¿Por qué?

–Porque estamos en una habitación llena de gente.

–Ah –dijo él con ojos brillantes–. ¿Nunca has oído que bailar es la expresión vertical del deseo horizontal?

¿Y a ella se lo iba a decir? Estaba prácticamente ardiendo por dentro.

–¿Cómo lo hago? ¿Soy mejor que Slade?

–¿Quién?

–El niño mimado. El señor Haz el amor y no la guerra.

–Es Makepeace –dijo ella.

–Lo mismo da.

–Y se llama Sloan, no Slade.

–Sí, lo que sea. ¿Eran los cumplidos de Makepeace tan buenos? –preguntó, y acercó la boca a su oído para susurrar–: Apuesto a que él no te excitaba, petunia.

Era imposible. Ya se había olvidado de la disculpa. Imaginaba que Connor le debía a ella una.

–A juzgar por tu mirada, diría que quieres darme una patada en la espinilla –añadió él.

–Y en algún que otro lugar.

–Eres demasiado fiera para alguien como Makepeace.

–Yo juzgaré eso.

–Me parece a mí que ya lo has decidido. De

otro modo, no seguirías sintiéndote atraída por los chicos malos de la ciudad.

Un chico en particular, pero no le iba a dar la satisfacción de saber eso. Sobre todo porque parecía estar disfrutando de tomarle el pelo.

–¿Sabes? –dijo ella con desdén–. Debo de haber estado loca por pensar que te debía una disculpa.

Tuvo la satisfacción de verlo desconcertado por un instante. Sin embargo la expresión pronto fue sustituida por una de sorpresa más sardónica.

–Se me ocurren muchas razones por las que me debes una disculpa, petunia. Así que ¿por qué no me lo pones fácil y me dices qué cosa en particular ha desatado tus remordimientos?

Ella apretó los dientes. El único remordimiento que sentía era el de no haberle pegado.

–Al día siguiente del accidente del parking Quentin me llamó. Parecía saber todo lo que había ocurrido sin que yo se lo hubiera dicho.

–Así que naturalmente pensaste que había sido yo –dijo él.

–Fue una presunción lógica dadas las circunstancias –dijo ella a la defensiva.

–Lógica porque soy una sabandija en la que no se puede confiar en lo que a ti se refiere, ¿verdad? Desde que te mentí y les conté a tus padres toda la historia del bar de moteros cuando tenías diecisiete años. Todo se remonta a eso, ¿verdad?

–No fue una conclusión tan desacertada –dijo ella–. En cualquier caso, ¿vas a negar también que le sugirieras a Quentin que debía dejar mi trabajo en la oficina del fiscal porque se estaba haciendo demasiado peligroso?

–Yo no le sugerí eso. Él sacó el tema –dijo él–. Pero no diré que no estoy de acuerdo.

Allison se sentía furiosa. Por suerte la canción que estaban bailando acabó y la banda decidió tomarse un descanso. Momento que aprovechó para separarse de Connor.

–Genial, entonces cuanto antes encontremos al que me está amenazando, antes dejará de ser peligroso mi trabajo y antes podrás sacar el trasero de mi casa. Francamente, nunca será demasiado pronto para mi gusto.

Se dio la vuelta sin darle la oportunidad de responder, aunque notó que su cara se había puesto roja de ira.

Allison pensó que había sido una tonta al pensar que algo único y duradero se estaba creando entre ellos. En vez de proporcionarle a ella su respeto, para él estaba claro que siempre seguiría siendo una niña rica y mimada que necesitaba protección. Su protección.

Capítulo Nueve

Era sábado, el día de la barbacoa anual en casa de los padres de Allison.

Normalmente Connor deseaba que llegara ese día. Normalmente, pero no aquel año.

El año anterior, la barbacoa había marcado el inicio de la relación entre Quentin y Elizabeth. Allison había hecho su famosa sugerencia de que su hermano podía ser el donante de esperma para su mejor amiga. Ahora, un año después, el amigo de Connor estaba felizmente casado con Liz y era padre del pequeño Nicholas.

Connor dio un trago a la cerveza y miró hacia el césped. Allí, Allison estaba acunando a Nicholas en sus brazos. El bebé debió de hacer algo gracioso e inesperado, porque ella levantó la cabeza riéndose y sus miradas se encontraron.

Ella apartó la vista rápidamente pero no antes de que un deseo incontrolable golpeara a Connor por dentro. No era un deseo puramente físico hacia ella. Era algo más profundo, más poderoso. Una imagen de ella acunando al bebé de ambos se le pasó por la cabeza como un relámpago.

Entonces trató de recomponerse. Allison estaba volviéndolo loco y eso tenía que parar. Decidió que, hasta que no encontraran al que estuviera amenazándola, solucionar su relación con ella tendría que esperar.

Con suerte el plan no duraría mucho. Los invitados aún estaban llegando a casa de los Whittaker, así que Connor decidió tratar de pasárselo bien.

El baile de Cortland había dejado patente que él y Allison eran de mundos diferentes. Y, furioso como estaba con ella por habérselo echado en cara durante una pelea, se había dado cuenta de que aquel argumento tenía algo de válido.

–Eh, Rafferty.

Connor se dio la vuelta justo para atrapar un balón de voleibol antes de que lo golpeara en el estómago.

Noah Whittaker apareció con una sonrisa en la cara.

–¿Sigues saludando a tus invitados con un golpe en el estómago? –preguntó Connor.

–No, sólo a ti –contestó Noah–. Es uno de los rituales reservados para hermanos, miembros honoríficos y gente así.

Desde sus días de universidad, Connor se había dado cuenta de que tenía una camaradería especial con Noah, que tenía la reputación de ser el más juerguista de los hermanos.

–Deja de hacer tu interpretación atormentada a lo James Dean y mueve el trasero –prosiguió Noah–. Va a comenzar el partido de voleibol y vamos a derrotar al equipo de Quentin y Matt otra vez para poder decir que tengo una racha ganadora.

Connor le tiró el balón y de vuelta y preguntó:

–¿Te refieres a haberles ganado dos años consecutivos?

–Bueno, por algo se empieza.

–Bien, jugaré.

Mientras se dirigían a la parte trasera de la casa Connor pensaba que sería mejor jugar al voleibol antes que estar ahí de pie pensando en Allison.

–Allison está en nuestro equipo. ¿Te parece bien? –preguntó Noah.

–¿Por qué no iba a parecerme bien?

El hecho de que dudara constantemente entre hacerla entrar en razón y hacerla entrar en su cama no significaba que no pudiera jugar un partido si la situación lo requería.

–No sé –dijo Noah encogiéndose de hombros–. Quizá porque salpicáis a todos a vuestro alrededor con las chispas que echáis cuando estáis juntos. Alguien que no os conociera pensaría que estáis locos el uno por el otro.

Connor casi se detuvo en seco.

El comentario de Noah fue alarmante porque era real. Estaba loco por Allison. Locamente enamorado de ella. No era sólo necesidad, no sólo deseo, sino amor.

Era el nombre apropiado para lo que había estado sintiendo desde el principio. Y, aunque fuera lo último que hiciera, iba a conseguir que ella admitiese que sentía lo mismo por él. Entonces podrían hablar sobre sus diferencias.

Él no podía cambiar quién era ni de dónde venía, pero la amaba irrevocablemente. Y si eso no era suficiente para ella, podría tratar de encontrar otro hombre que se preocupara tanto por ella como él hacía.

Noah pasó la mano por delante de sus ojos.

–Eh, Rafferty, ¿sigues en la tierra con el resto de los mortales?

–Por si no lo has notado, tu hermana casi ni se percata de mi existencia últimamente.

–Sabes cómo apretarle las clavijas. Eso es cierto.

–A ella tampoco se le da mal.

–¿Por qué no tratas de quitárnosla de encima? –dijo Noah–. Quiero decir que, ya sabes que mis padres piensan que eres genial. Y nos harías un favor si vosotros dos os liarais.

Connor miró a Noah intrigado. Podría haber jurado que había algo de seriedad en la broma de Noah.

–Si valoras tu salud, será mejor que no dejes que Allison se entere de ese plan –dijo Connor.

Por mucho que los Whittaker lo consideraran de la familia, Connor dudaba seriamente que lo vieran como el compañero ideal para su hija.

–¿Yo? –dijo Noah fingiendo estar ofendido–. ¿Planeando casar a Allison?

Connor le dirigió una mirada escéptica mientras se acercaban a la red de voleibol que estaba situada en una esquina del jardín.

–De acuerdo. Soy culpable –dijo Noah encogiéndose de hombros–. Desde que Allison emparejó a Quentin y a Liz el año pasado, creo que después ha puesto el ojo en Matt y en mí. Y ya sabes lo que dicen. Una ofensa es la mejor defensa.

–En otras palabras –dijo Connor–. La emparejas conmigo antes de que ella te empareje a ti.

–Exacto –añadió Noah–. No se puede culpar a alguien por intentarlo.

–Sí –dijo Connor mirando cómo Allison se unía al resto de jugadores–, pero creo que no soy lo suficientemente bueno par nuestra princesita.

–Estás bromeando, ¿no? Los viejos te adoran. Nunca lo han dicho, pero creo que estarían encantados si tú y Allison acabarais juntos. Y he de decirte que sería un alivio para Matt, Quentin y para mí. ¿Has visto a algunos de los tíos que Allison ha traído a casa?

Por desgracia así había sido, y estaba de acuerdo con Noah.

–Sin embargo puede que la princesa tenga sus objeciones.

–Sí, sé que Allison puede sacarte bastante de quicio. Pero siempre he pensado que es un mecanismo de defensa. Ya sabes, un modo de mostrar que no la afectas cuando es evidente que sí.

–Sólo suponiendo que quisiera ayudarte en esta maquinación tuya, sólo para ayudarte a escapar de un matrimonio, por supuesto...

–Por supuesto.

–¿Quién dice que Matt, Quentin y tú no me daríais una paliza por romper el corazón de la princesa sin darme cuenta?

–Bien, admito que ése es un riesgo. En estas circunstancias, sin embargo, creo que es más probable que la princesa te rompa el corazón a ti –dijo Noah.

Connor lo miró confuso, pero la cara de Noah no revelaba nada. Parecía que el hermano pequeño de los Whittaker era más profundo y no tan juerguista como decían de él las columnas de la prensa rosa.

–Venga –añadió Noah dándole un golpecito en la espalda–. Tenemos un partido que jugar, y no puedo esperar a machacar a esos tíos.

Y efectivamente su equipo consiguió la victoria por segundo año consecutivo. Tras eso, Connor se sentó con una cerveza fría y unos perritos calientes. Era por la tarde y la fiesta comenzaba a decaer.

Estaba terminándose el segundo perrito cuando sonó su móvil. Vio que el nombre que aparecía en la pantalla era el de uno de sus ayudantes. Se excusó rápidamente y se acercó a un árbol para hablar. No tenía sentido darles esperanzas a los Whittaker si las noticias no eran lo que esperaba. Sin embargo había tenido una corazonada y la había seguido.

La llamada fue breve pero lo dejó satisfecho.

Cuando regresó a la mesa, se sentó junto a Allison y dijo con voz serena:

–Han atrapado a Kendall.

Ella se quedó quieta y lo miró.

–¿Lo han arrestado?

–Sí. Y creo que no podrá salir bajo fianza teniendo en cuenta las circunstancias.

–¿Por qué? –preguntó ella tras una pausa.

Matt Whittaker los miró desde el otro lado de la mesa y dijo:

–¿Qué ocurre?

–Sí –dijo Noah–. Estás pálida.

Connor miró al resto de la mesa y se dio cuenta de que habían llamado también la atención de los padres de Allison, de Quentin y de Liz.

Mejor así. De ese modo tendría que contar la historia sólo una vez.

–Hugh Kendall ha sido arrestado en relación con las amenazas de Allison.

Liz suspiró mientras que Noah hizo una exclamación en voz alta con la que Connor estuvo de acuerdo en silencio. Entonces todos trataron de hablar al tiempo.

–¿Cómo lo ha atrapado la policía? –preguntó el padre de Allison finalmente, haciéndose oír después de que el tumulto inicial se disipara.

–La policía expidió una orden judicial y han registrado el coche y la casa de Kendall –dijo Connor–. Encontraron una pistola que coincide con el calibre del arma que creen que usaron en el tiroteo del parking.

–¿Expidieron una orden judicial? ¿Basándose en qué pruebas? –preguntó Allison. No parecía aliviada desde que había oído las noticias–. ¿Consiguieron asociar el color del coche del asaltante con Kendall?

–¿Tiene Kendall licencia de armas para este estado? –preguntó Noah.

Connor negó con la cabeza.

–Las respuestas a vuestras preguntas son «no» y «no». Pero la policía concluyó que las balas habían salido de una pistola que hacía tiempo que no se fabricaba, así que ordené a mis hombres que hicieran una investigación más profunda.

–Bien hecho –dijo Matt.

–Hice que un par de mis investigadores visitaran las tiendas de armas de Boston –explicó Connor–. El dueño de una de las tiendas recordó haber visto a alguien con los rasgos de Kendall y que había ido por allí preguntando sobre la posibilidad de vender algunas armas. Eran prácticamente piezas de coleccionista, y el tipo quería saber cuánto valían. Ninguna de las cosas que había averiguado sobre Kendall revelaban que fuese entusiasta de las armas, ni siquiera que le gustara cazar. Así que imaginé que, si Kendall tenía armas sin licencia y era el hombre que había ido a la tienda tratando de vender algunas antigüedades, entonces probablemente habría heredado las armas. Así que después de que uno de mis investigadores comprobara la autenticidad de los testamentos en New Hampshire, supe que teníamos a nuestro hombre.

–¿Cómo? –preguntó Liz.

–El testamento del padre de Kendall estaba en los archivos –contestó él–. Revela que le dejó a su hijo su colección de pistolas, y esa colección incluía una del calibre 32. La que la policía piensa que usaron en el tiroteo.

Connor miró a Allison y no añadió el hecho de que, dado que Kendall se había guardado la pistola tras el tiroteo y no se había deshecho de ella, era probable que pensase en volverla a usar, pero con un efecto fatal.

La idea una vez más hizo que Connor sintiera escalofríos. Tras recopilar todas las pistas, les había entregado a la policía las pruebas y había expedido una orden judicial. La necesidad de partirle la cara a Kendall él mismo había sido difícil de resistir.

–¿Y qué hay del tío que viste merodeando fuera de mi casa la primera noche? –preguntó Allison–. ¿Crees que era Kendall?

–Probablemente. Y, como sospechamos, Kendall estaba tratando de despistarnos haciéndonos creer que las amenazas venían de una banda.

–¿Te refieres a la nota mal escrita? –preguntó Allison.

–Entre otras cosas.

–Todos te debemos nuestra gratitud, Connor –dijo el padre de Allison–. Sabes que eres como parte de la familia, pero dinos si hay algún modo de que podamos recompensarte.

Connor sintió cómo Allison se ponía rígida a su lado.

–¿Quieres decir aparte de sus tarifas? –preguntó ella.

–En realidad –dijo Quentin–, me ofrecí a pagarle, pero se negó. Insistió en ofrecer sus servicios voluntariamente.

Allison se giró hacia él y Connor la miró a los ojos. Podía ver lo que estaba pensando. La había engañado a propósito. Y esa vez no tenía excusa.

–Me alivia que esto haya acabado –dijo Ava Whittaker–. Ha sido un periodo muy doloroso y angustiante para todos nosotros.

–Cierto, pero si Ally continúa trabajando en la oficina del fiscal –dijo Matt–, creo que debemos estar preparados por si se topa con otro loco que quiera tomarse la justicia por su mano.

–Hablando de lo cual, ¿cuánto tiempo piensas seguir trabajando allí, Ally? –preguntó Noah.

Connor sintió cómo Allison se ponía tensa a su lado y cómo sus padres se miraban.

–¿Sabes, Allison? –dijo Ava amablemente, como sabiendo que era un tema delicado–. Estás en un punto de tu carrera en el que mucha gente en tu situación comenzaría a pensar en su próximo trabajo.

–Y, dadas las circunstancias –dijo su padre–, puede que quieras pensártelo bien.

–¿Qué circunstancias, papá? –preguntó Allison–. Éste ha sido un caso aislado de un perturbado que intentaba intimidarme y acosarme. Ya le ha ocurrido a más gente.

–Estábamos muy preocupados por ti –dijo Quentin tras aclararse la garganta.

–En cualquier caso, no es como si mi trabajo fuera el único peligroso en el mundo –prosiguió Allison–. Mamá es jueza, pero no veo que nadie se preocupe por que uno de los implicados en sus casos pueda venir a por ella.

–Eso es porque no ha ocurrido –dijo Quentin–. Pero sí hubo alguien que te disparó hace dos semanas, por si no te acuerdas.

–Quizá quiera ascender en la oficina del fiscal. ¿Es que nadie ha pensado en eso? –preguntó ella.

No era conocido por su diplomacia, pero Connor decidió que era el momento de intervenir.

–Quizá no le estemos dando a Allison el crédito que debemos.

Allison se giró para mirarlo con expresión de no haber oído bien lo que acababa de decir.

–Yo sé que no lo he hecho –concluyó Connor.

–Gracias –dijo Allison sorprendida.

–He estado con Allison noche y día durante las últimas semanas –añadió Connor viendo que todos los miembros de la familia lo miraban intrigados, y con la esperanza de que no se tomaran la parte del «noche y día» muy literalmente–. He visto lo resistente que puede ser cuando las circunstancias lo exigen.

–Y no sólo cuando lo exigen las circunstancias –dijo Noah.

Por el rabillo del ojo, Connor vio a Allison apretar los labios.

–La verdad es –continuó Connor– que se negó a ser intimidada por las amenazas y desde luego tiene las agallas para trabajar como fiscal de la acusación. Así que, si Allison ha puesto sus miras en ascender en la oficina del fiscal, sugiero que le demos más crédito.

Quizá era porque finalmente se había reconocido a sí mismo que estaba enamorado de ella, pero de pronto veía a los Whittaker con los ojos de Allison. Su familia sabía que había estado realizando un trabajo duro en la oficina del fiscal, pero parecía que ninguno de ellos podía dejar de lado sus instintos de sobreprotección en lo que se refería a ella.

Y él había sido el más culpable de todos. La había metido en el mismo saco que a todas las niñas mimadas que había conocido a lo largo de su vida, tanto en sus negocios de seguridad como en su vida de soltero. Se dio cuenta de que había sido una manera fácil de mantener la distancia emocional y luchar contra su perversa atracción hacia ella.

Los hermanos y la cuñada de Allison se quedaron pensativos. Matt fue el primero en hablar.

–Connor tiene razón. Todos hemos estado pensando en Ally como alguien a quien queremos y protegemos. Quizá eso nos ha impedido ver lo brillante y fuerte que realmente es.

–Sólo queríamos asegurarnos de que no te hicieran daño, cariño –dijo el padre de Allison–. Nuestra intención no era agobiarte, pero puede que las cosas se hayan vuelto un poco confusas por el camino.

–Sí –convino Ava–. Perdona si a veces nos hemos puesto un poco pesados, Ally. Es sólo porque te queremos.

–Supongo que si nos estamos disculpando –dijo Quentin–, yo debería hacer lo mismo.

–Si quieres seguir con tu trabajo, entonces te apoyaremos, por supuesto –dijo Ava mirando a su marido en busca de su aprobación–. Naturalmente la decisión es tuya. Sólo queríamos asegurarnos de que era una decisión bien meditada.

–Gracias, mamá –dijo Allison con una sonrisa–. Y tratad de no preocuparos mucho. Gracias a Connor he aprendido que quizá debería haber puesto más atención a mi seguridad personal.

Connor se sintió satisfecho al oírlo. Al menos así, habiendo aprendido eso, podría emplearlo cuando él se hubiese ido de su casa, y de su vida, de nuevo.

Mientras los últimos invitados se marchaban, Allison estaba en la cocina de sus padres guardando algo de comida que los del catering habían dejado. Levantó la cabeza y vio que su cuñada se aproximaba.

–Hola –dijo Liz mientras retiraba su bolso y la

bolsa de los pañales de encima de la encimera–. Quentin y yo íbamos a marcharnos. Pareces triste.

–Gracias –dijo Allison. Abrió el frigorífico y colocó dentro algunos envases de plástico.

Liz inclinó la cabeza como si estuviese pensando algo.

–Lo cual es sorprendente si lo piensas. Quiero decir que Kendall ha sido detenido. Deberías estar feliz.

Debería, pero no lo estaba. Casi sentía pena por Kendall. Suponía que la malversación le permitía mantener un alto nivel de vida. Habiendo nacido en una familia adinerada, ella podía haberle dicho sin embargo que la fama y el dinero a veces pueden ser como una jaula dorada.

Pero lo que realmente la preocupaba era Connor. Había contribuido a capturar a Kendall. La había defendido a ella ante su familia. Y ahora iba a salir de su vida.

Debería haberse sentido entusiasmada con la idea. ¿No era eso lo que le había dicho a Connor que quería?

Sin embargo Liz tenía razón. Se sentía triste.

–Y, como pareces triste, deja que te devuelva un favor –continuó Liz.

–¿Qué?

–El año pasado me hiciste ver que no debía rendirme con Quentin, que él me amaba y que yo sólo tenía que esforzarme un poco más –dijo Liz con una sonrisa–. Así que voy a intentar devolverte el favor.

–Gracias por hacer el esfuerzo, pero me temo que éste es un asunto completamente diferente.

–No lo es –dijo Liz riéndose–. Piensas que lo

es porque estás demasiado involucrada en ello. Estás exactamente donde yo estaba el año pasado.

Allison miró a su amiga durante unos segundos. El año anterior Liz finalmente había admitido que estaba enamorada de Quentin.

Liz tenía razón. No es que ella corriera el peligro de enamorarse de Connor. Estaba ya completamente enamorada de él.

Sin embargo Connor había anunciado que se iría de la casa ese fin de semana y ella simplemente había asentido con la cabeza. Si la amase, ¿acaso se marcharía?

Había descubierto que Connor había insistido en hacer su trabajo gratis. Y se había mantenido a su lado a pesar de sus intentos por librarse de él y a pesar de no tener obligación de hacerlo. Ella quería creer que aquello significaba algo, ¿pero acaso estaba dándole demasiada importancia?

–Aquí estás –dijo Quentin mientras entraba en la cocina mirando a su mujer–. Te he estado buscando. ¿Estás lista para irnos?

–Sí –dijo Liz–. Siento haberte tenido esperando. Allison y yo estábamos teniendo una conversación profunda.

–¿Ah, sí? –dijo Quentin–. ¿Sobre qué?

–Connor –dijo Liz.

–Ah.

–¿Qué quieres decir con «ah»? –preguntó Allison–. ¿Y por qué Connor insistió en hacer su trabajo de forma voluntaria?

–Ésa sería la pregunta del millón, ¿no? –dijo Quentin–. Dios sabe por qué. Quizá sea masoquista. ¿Por qué no se lo preguntas?

–Si quisiera hacer eso, no te habría preguntado a ti, ¿no? –contestó Allison.

–Gallina –dijo Quentin sonriendo.

–No sé de lo que estás hablando –dijo ella apartándose el pelo de la cara.

–¿No lo sabes? –contestó Quentin mientras se dirigía hacia la puerta–. Estaré fuera tratando de quitarle el bebé a mamá para poder ponerlo en su sillita.

Poco después Quentin y Liz abandonaron la casa, pero no antes de que Liz se acercara al oído de Allison para susurrarle:

–Todo saldrá bien. Ya lo verás.

En el camino de vuelta a Boston con Connor, las palabras de Quentin resonaban en su cabeza. «¿Por qué no se lo preguntas?».

Capítulo Diez

Allison estaba en su cocina fingiendo hacer cosas, aunque en realidad se sentía decaída y apática.

Connor estaba arriba haciendo las maletas, aunque aún quedaban muchas cosas sin resolver entre ellos. A pesar del hecho de que ella no quería que se fuera.

Unas semanas atrás habría dicho que la idea era ridícula. Pero unas semanas antes no habían convivido juntos, no habían tenido noches de sexo apasionado, no se había enamorado de él. Se había colado en su corazón, si es que alguna vez se había marchado.

El hecho de que se hubiera negado a cobrar por su trabajo protegiéndola le daba cierta esperanza. Había habido una época en la que ver a Connor haciendo eso voluntariamente habría sido una evidencia más del sentimiento de sobreprotección que tenía el resto de la familia. Pero dado lo que sabía de él, pensaba que no era más que otra manera de demostrar que le importaba.

Connor protegía a aquéllos que le importaban. Tenía que ver con ser el hijo de un oficial de policía asesinado cumpliendo con su deber, tenía que ver con los proyectos de la comunidad en su antiguo barrio.

Por supuesto, el hecho de que viera a los Whittaker como a una familia explicaba gran parte de por qué se había ofrecido a hacer su trabajo gratis. Simplemente lo consideraría un favor a la familia.

Sin embargo había una parte de ella que se negaba a creer que ésa fuese toda la explicación, al menos esperaba que hubiese más. Porque no sólo había ofrecido los servicios de su compañía gratuitamente. Además había insistido en protegerla él mismo cuando podía haber delegado en alguien, lo cual seguramente habría sido lo más lógico puesto que lo más probable era que ya tenía suficiente con ocuparse de la compañía.

Cuando pensaba que Quentin le estaba pagando, había imaginado que su hermano habría insistido para que se ocupara personalmente del asunto. Pero resultaba que había sido Connor el que había insistido. Le gustaba pensar que había sido porque le importaba, porque la deseaba... y más.

La pregunta de Quentin resonó en su mente una vez más. «¿Por qué no se lo preguntas?».

Al escuchar un ruido sobre su cabeza miró hacia el techo. Connor estaba arriba empaquetando y ella estaba allí abajo nerviosa y temerosa. Sentía mariposas en el estómago al pensar en la conversación que debería tener con él, pero una timidez inexplicable hacía que aquello fuese sumamente difícil.

Molesta consigo misma, tiró el trapo con el que había estado limpiando la encimera.

Mientras subía las escaleras pensaba en lo que podría decirle. «¿De repente se me ha ocurrido que te quiero?» «¿Puede que nuestra relación sea un error pero es un error que quiero seguir cometiendo toda mi vida?».

Quizá debía empezar con un «no te vayas». «No te vayas, por favor. No te vayas».

Caminó por el pasillo y se detuvo frente a la puerta abierta de la habitación de invitados. Connor estaba metiendo unos vaqueros en la maleta. Se le aceleró el corazón.

Parecía duro y severo, e increíblemente sexy. Con una camisa azul claro y unos vaqueros proporcionaba una imagen de sensualidad informal.

Levantó la cabeza y, al verla en la puerta, se detuvo un instante, dobló las camisetas que tenía en la mano y continuó empaquetando.

–Si has venido para hacer el baile de la victoria mientras me marcho, llegas un poco pronto. Todavía me queda un rato.

–No estoy aquí por eso –dijo ella mientras entraba en la habitación.

–¿De verdad? –preguntó él tras dejar de hacer la maleta–. ¿Entonces por qué estás aquí, petunia?

Ella se mordió el labio y juntó las manos.

–Porque quería darte las gracias. Y disculparme.

–¿Gracias por qué? –preguntó él levantando una ceja.

–Por ayudarme –dijo ella tras tomar aliento–. Por capturar a Kendall.

«Por defenderme delante de mi familia, por hacer que me enamorara de ti».

–¿Y disculparte por qué?

–Por hacértelo pasar mal desde el principio.

–Ésa es la segunda disculpa que he obtenido

de ti en dos semanas, princesa –dijo él con una sonrisa irónica–. Debe de ser un récord.

A pesar de sus buenas intenciones, Allison se encontró a sí misma irritándose por el tono burlesco de sus declaraciones. Y, francamente, era más fácil tratar con él desde el escudo que le proporcionaba el enfado. Cobarde.

–¿Y qué hay de la disculpa que me debes tú a mí? –preguntó ella–. No he oído salir ninguna de tus labios, Rafferty.

–Está bien –dijo él con un suspiro–. Voy a seguirte el juego. ¿Disculpa por qué? ¿Por acostarme contigo?

Ella apretó los labios.

–Me engañaste adrede con lo de tus servicios de seguridad. Quentin no te contrató. Te ofreciste voluntario.

Él se cruzó de brazos y asintió.

–Está bien, lo admito. Soy culpable de haber hecho eso. Lo siento. ¿Es eso todo lo que has venido a decir aquí?

–¿Por qué? –preguntó ella.

–¿Por qué, qué?

–¿Por qué te ofreciste voluntario?

Él pensó por un instante antes de contestarle con cara inescrutable.

–Simplemente hice lo que le había dicho a Quentin que haría, que era garantizar tu seguridad.

–No. Quiero decir que ¿por qué te ofreciste voluntario cuando Quentin podía haberse permitido contratarte? ¿Y por qué te presentaste tú cuando podía haber mandado a cualquiera de los expertos que engrosan tu plantilla? ¿Por qué insististe en quedarte cuando no tenías ninguna obligación de hacerlo?

Por fin lo había dicho.

Él descruzó los brazos.

–Creo que conoces la respuesta a esas preguntas –dijo con suavidad.

–No, no la conozco –dijo ella levantando la barbilla desafiante–. ¿Por qué no me lo aclaras?

–¿No tienes ninguna teoría?

Allison sintió un vuelco en el estómago cuando Connor comenzó a acercarse a ella.

–¿Acaso le estabas haciendo un favor a un amigo al cual considerabas como a tu familia?

Él asintió y pareció reflexionar sobre ello.

–Ésa sería una teoría. ¿Te la crees?

–¿Es cierto? –preguntó ella.

–No.

Ella se alejó pero Connor siguió acercándose.

–No diría que ésa fuera una de mis principales motivaciones, por mucho que me guste tu familia.

Allison bordeó la cama y se encontró con la espalda contra la pared.

–Entonces puede que no te gusten tanto –dijo casi sin aliento.

Connor colocó un brazo contra la pared cerca de su cabeza y luego le acarició la mejilla con los nudillos de la otra mano.

–Quizá me gustes más tú.

A Allison le dio un vuelco el corazón. Había dicho «gustar», no «amar».

Trató de apartarse de él pero Connor la agarró del brazo y le dio la vuelta. Ella sintió la pared contra su espalda segundos antes de que Connor la besara.

Fue igual que siempre entre ellos. Una alta dosis de deseo y necesidad que recorría su cuerpo. Su sentido común y la conciencia de todo aquello que los rodeaba desaparecían mientras ella se volvía extremadamente sensible a su tacto, a sus labios, a su cuerpo presionado el suyo.

Allison rompió su abrazo para colocarle los brazos alrededor del cuello, devolviéndole los besos con el ardor que había estado guardando en su interior.

Tan pronto como él sintió su respuesta, gimió e hizo el beso más profundo. Comenzó a mover las manos de arriba abajo por su cuerpo antes de que una de ellas se deslizara por su pierna para agarrarle las nalgas y pegarla más a él, dejándola sentir su erección.

Finalmente separó su boca de la de ella y se apartaron el uno del otro. Los dos respiraban entrecortadamente. Él parecía tener la capacidad de regresar al punto en el que lo acababan de dejar, que no era muy lejos de donde ella se sentía.

Connor habló primero.

–Eres con diferencia la mujer más frustrante que jamás he conocido, petunia.

–Lo mismo digo –dijo ella.

Y entonces su cara perdió esa expresión sardónica de sorpresa que lo caracterizaba y lo que pudo ver Allison entonces la dejó casi sin aliento.

–¿Vas a hacerme decirlo, princesa? –preguntó Connor, e hizo una pausa sin dejar de mirarla, para que ella no pudiera desviar la mirada–. La razón por la que me ofrecí voluntario era porque la idea de pensar que algo pudiera ocurrirte me destrozaba. Quería matar al bastardo que te estaba aterrorizando.

–Connor...

–No, déjame acabar –dijo él con ferocidad–. Puede que yo nunca sea tan fino como esos chicos del club de campo, pero tengo mucho dinero actualmente. No podrías gastártelo todo incluso aunque lo intentaras.

Ella asintió. Una felicidad mareante estaba creciendo y extendiéndose por su cuerpo. No por el comentario del dinero, sino porque Connor estaba desnudando su alma allí mismo.

–Lo más importante, hay toneladas de química entre nosotros. El tipo de química que mucha gente se tira una vida entera buscando y no encuentran.

Ella volvió a asentir, sintiendo que se le derretía el corazón.

–Y estoy seguro de que no vas a encontrar a un hombre que te quiera más que yo. Porque no es posible. Estoy tan enamorado de ti que me duele.

La amaba. La confesión fue tajante y concisa, como lo era Connor, y ella ya no pudo preguntar nada más. Unas lágrimas inesperadas se le acumularon en los ojos.

Connor le dirigió otra mirada feroz.

–Así que acostúmbrate, petunia. Por ahora estás bajo la protección de este magnate.

–¿Puedo decir algo? –preguntó ella casi temerosa.

–Sólo si es lo que quiero escuchar. ¿Estás preparada para decir las palabras, petunia? Porque si no lo estás... puedo ser muy convincente.

–Dios, Rafferty –dijo ella parpadeando con rapidez–. Vas a hacerme llorar.

Él le secó una lágrima con el dedo y dijo:

–¿Lágrimas por mí?

–Sí –dijo ella–. Eres el ser más irritante y molesto que he conocido... y te quiero. Loca y apasionadamente.

Él sonrió con una felicidad genuina que inundaba su cara.

–Yo diría que la locura y la pasión resumen nuestra relación.

–Nunca nos aburriremos –convino ella.

–No puedo creer que permitieras que me fuera hoy.

–No puedo creer que realmente estuvieras planeando marcharte.

–Incluso aunque lo hubiera hecho, ya se me habría ocurrido un plan para regresar.

–¿Ah, sí? –preguntó ella–. ¿Y qué plan habría sido ése?

–Seducirte y ser tan pesado que habrías acabado dándote cuenta de que estamos hechos el uno par el otro.

–De eso me di cuenta hace mucho tiempo –dijo ella.

–Cuenta –dijo él sorprendido. Dado que estaban siendo completamente honestos, Allison supuso que debía decirle la verdad.

–Estuve colgada de ti cuando era una adolescente.

–Eso si que es difícil de creer –dijo él riéndose.

–Créelo –dijo ella con firmeza–. ¿Por qué si no crees que estaba en el bar aquella noche? ¿Por qué crees que me resultó tan humillante que fueras tú y no otra persona la que se lo dijera a mis padres?

–¿Estabas allí porque pensabas que yo estaría allí? –preguntó él visiblemente sorprendido.

Ella asintió.

–Pensé que, si me comportaba como una adulta, entonces pensarías que lo era. En vez de eso, me llevaste a casa como si fuera un saco de patatas.

Él meneó la cabeza.

–Si hubiera sabido que estabas allí por mí, no sé si habría sido capaz de resistirme hasta ahora.

Entonces fue el turno de Allison para mostrarse incrédula.

–Pensé que habías hecho un gran trabajo actuando como si yo fuera completamente resistible.

–«Actuando» es la palabra clave –dijo él–. Con los años se hizo cada vez más fácil tratarte como a una niña consentida. Significaba que no tenía que analizar mis sentimientos demasiado.

–Dijiste una cosa en la cocina después de que me empapara con el agua.

–Sí, ¿cómo voy a olvidarlo? –dijo él con una sonrisa.

–Hablaste de lo que siempre había habido entre nosotros. Entonces pensé que sabías lo de mi enamoramiento adolescente.

–No –dijo él negando con la cabeza–. Me refería a la electricidad que hay en el aire cada vez que estamos en la misma habitación.

Ella estiró la mano para acariciarle la mandíbula y recorrer con el dedo la cicatriz de su barbilla.

–¿Por qué nunca dijiste nada?

Él suspiró pero sus ojos no dejaron de mirarla intensamente.

–Eras la hermana pequeña de mi amigo. La niña de una familia adinerada. La hija de una gente que me había tratado como a un hijo. No se puede traicionar ese tipo de confianza.

–A veces desearía que no pensaran en mí como alguien tan preciado –murmuró ella. Sin embargo tenía que respetar el código de honor de Connor. Se dio cuenta de que ésa era una de las razones por las que lo amaba.

–Lo sé, petunia –dijo él girando la cabeza para besarle la palma de la mano–. Pero es sólo porque se preocupan por ti.

–Yo te metí en el mismo saco que a ellos, lo sabes. Luego me di cuenta de que lo que consideraba como un sentimiento prepotente de sobreprotección no era más que una manera de demostrar que te importaba.

–Oh, claro que me importabas –dijo él tras darle un beso en los labios–. ¿Pero cómo te diste cuenta de eso?

–Fue la noche en Berkshires. Cuando estuviste hablando de tu padre y de cuando volviste a tu antiguo barrio para intentar que la vida de la gente fuera más segura. Me di cuenta entonces de que así demostrabas que te importaba. Protegiendo a la gente y a las cosas que quieres.

Él sonrió y negó con la cabeza.

–Antes de que me des demasiado crédito, he

de decir que contigo sí que utilicé algunas técnicas un tanto prepotentes.

–¿No me digas? –dijo ella–. ¿Te refieres a haber conseguido la llave de mi casa gracias a Quentin? ¿O a haberte instalado cuando te dije que te esfumaras?

–Sí, eso. En mi defensa diré que fue sólo porque me daba mucho miedo que pudiera pasarte algo. Pero tenías razón al decir que no te estaba dando el crédito que merecías. Si quieres continuar trabajando en la oficina del fiscal…

Allison le puso un dedo sobre los labios.

–Shh –dijo. Sabía lo duro que era eso para él. Habiendo perdido a su padre, habría sido muy duro para él ver a alguien más que apreciaba en peligro–. Me enseñaste a no ser tan perezosa con respecto a mi seguridad y tenías razón. Pensé que había hecho un buen trabajo apuntándome a clases de defensa personal. La verdad es que fui un poco arrogante. Me había criado en una familia agradable en una comunidad tranquila y nunca me había pasado nada realmente malo. Al menos nada tan malo como tener un padre asesinado por un ladrón.

Él relajó los hombros. Era evidente que estaba contento de que ella comprendiese esa parte de su naturaleza.

–En cuanto a lo de la oficina del fiscal, voy a tomarme cada cosa a su tiempo. Ahora que Kendall ha sido detenido, la amenaza inmediata se ha ido. No sé cuánto tiempo seguiré con este trabajo –admitió–, pero sé que, por ahora, es ahí donde quiero estar.

–No puedo prometer que lo consiga, pero intentaré mantener mis instintos de protección guardados bajo llave.

Ella le sonrió, sintiendo cómo las lágrimas amenazaban de nuevo.

–Eso es todo lo que pido –dijo–. Y, por cierto, ¿qué fue lo que te convenció para llevar nuestra relación a otro nivel cuando, como has dicho, estabas preocupado por estar traicionando la confianza de mi familia?

–El hecho de que alguien estuviese amenazándote –dijo él–. Cuando me di cuenta de que podía ocurrirte algo, supe que no me lo perdonaría si al menos no trataba de explorar lo que había entre nosotros. Aunque, en última instancia, he de decir que no estoy seguro de que la decisión fuera tan consciente. Sabía que mudarme contigo iba a poner a prueba mi resolución de no ponerte las manos encima, y tenía razón. Una vez que me hube mudado, una cosa llevó a la otra...

–Porque saltan chispas entre nosotros.

–Exactamente.

–Bueno, quiero dejar claro que no pensaba que estuvieses por debajo de mí. Como tú, yo también tengo mis mecanismos de defensa. Hasta el punto de que, cuando me llamaste princesita consentida, decidí intentar comportarme como tal, y de la manera más ofensiva posible.

–¿Considerando lo nuestro como un error, por ejemplo? –preguntó él alzando las cejas.

–¿Es eso lo que creías que quería decir?

–Me pareció lógico –dijo él encogiéndose de hombros.

Ella negó con la cabeza.

–Lo que quería decir realmente era que, si seguías considerándome como a una adolescente impetuosa, entonces no pensaba que tuviéramos la base para una relación basada en el respeto y la confianza mutuos.

Él la miró fijamente a los ojos y dijo:

–Tienes mi confianza y mi respeto. Y mi amor. No lo dudes nunca –entonces le tomó la mano y la condujo hacia la cama. La observó con ansia mientras se quitaba las sandalias y los pantalones. Luego se quitó la camiseta blanca por encima de la cabeza, quedándose sólo en ropa interior.

–¿Es que tú no vas a quitar nada? –preguntó ella.

–Mmm –respondió él mientras se acercaba para acariciarle los hombros–. Dado que sólo llevas las bragas y el sujetador, no me queda mucho donde elegir.

Allison se rió.

–Connor, no me refería a eso.

–Pero creo que empezaré con el sujetador –continuó él antes de desabrochárselo con un rápido movimiento de dedos. Entonces sus ojos se oscurecieron con el deseo.

–Ahora es tu turno –dijo ella tras dejar caer el sujetador al suelo.

Él se desabrochó los pantalones y se bajó la cremallera. Ella lo ayudó a bajarse los vaqueros y los calzoncillos mientras él se quitaba los zapatos y luego se sacaba la camisa por encima de la cabeza

Mientras se levantaba tras haberlo ayudado con los pantalones, Allison estiró la mano y acarició su erección.

–Ah, petunia –dijo él casi sin aliento.

–Ámame –dijo ella con voz grave.

Inclinándose hacia la cama, Connor hizo un movimiento rápido con el brazo para quitar de en medio su maleta y tirarla al suelo. Luego levantó a Allison con facilidad, como si no pesara nada, y la depositó sobre la cama antes de tumbarse a su lado.

Deslizó la boca sobre su pecho, haciéndole sentir espasmos de placer, antes de cambiar al otro pecho y hacer lo mismo. Finalmente, cuando ella pensaba que no podía aguantarlo más, Connor levantó la cabeza y le dio un beso largo y profundo.

Sus manos la acariciaban, encontrando sus zonas erógenas, haciéndola gemir.

–Connor…

–Sí –dijo él mientras le cubría de besos el cuello.

Ella le acarició la espalda y deslizó las manos sobre sus músculos, notando cómo se endurecían bajo sus dedos.

–Por favor.

Él se inclinó sobre su cuerpo y la tocó. Su respiración era cada vez más entrecortada, su deseo más incontrolable, hasta que Allison gimió, se arqueó y lo acercó a su cuerpo.

Entonces se puso un condón y se colocó sobre ella, dándole un beso antes de penetrarla con un gemido.

–Oh, Connor.

Comenzaron a moverse juntos, lentamente al principio y luego más rápido, mientras el mundo dejaba de existir a su alrededor.

Al llegar al clímax simultáneamente, el mundo de Allison explotó en una serie de espasmos de placer seguidos de un sentimiento de plenitud y felicidad total.

Después se acurrucó junto a Connor.

–Eres una maravilla –murmuró él.

Ella se rió.

–Allison –añadió Connor.

–¿Sí?

–¿Te casarás conmigo?

Ella levantó la cabeza y lo miró.

–¿Quieres decir que si voy a pasarme el resto de mi vida discutiendo contigo? ¿No estando de acuerdo con tus afirmaciones? ¿Siendo una espina clavada en ti? –preguntó.

Él arqueó una ceja.

–Sí, eso suena bien.

Ella sonrió sabiendo que su cara estaría brillando de felicidad.

–Sí, me casaré contigo.

Epílogo

–¡Cómo han caído los arrogantes! –dijo Noah Whittaker con una sonrisa.

Allison se apartó el pelo de la cara y levantó la cabeza de la revista de novias que estaba hojeando. Sus hermanos y su cuñada se habían pasado por su casa para charlar y comer algo en una perezosa tarde de domingo. Tras haber terminado de comer, estaban todos sentados en el salón con el pequeño Nicholas dormido en su sillita.

–No le prestes atención, Allison –dijo Liz mirando a Noah–. El amor es algo maravilloso.

Noah alzó su copa para brindar.

–Correcto. Algo maravilloso que a mí no me ha ocurrido –dijo con tono burlesco.

Allison entornó los ojos.

–Ríete mientras puedas, Cabeza cobre –dijo Allison usando el mote que tenía de pequeño Noah, cuya melena pelirroja era bastante más luminosa que la de cualquiera de sus hermanos.

Tras haber emparejado con éxito a Quentin y a Liz, Allison había amenazado en broma con emparejar a Noah también, en parte porque fingía ser un cínico. En vez de eso, sin aparente esfuerzo por parte de su hermano, era ella la que iba a acabar caminando hacia el altar antes. Era evidente que Noah disfrutaba del modo en que habían sucedido los acontecimientos, y por el hecho de haber escapado al matrimonio, por el momento.

Connor entró en el salón con un par de cervezas abiertas, una de las cuales le entregó a Matt.

–¿Qué ocurre?

Como de costumbre, el corazón de Allison se aceleró al verlo. No todas las mujeres tenían la oportunidad de casarse con la estrella de sus fantasías adolescentes.

–Noah se está jactando de que yo vaya a ir hacia el altar antes que él.

–Bueno, no es como si él no hubiera ayudado a que esto ocurriera –dijo Connor mientras se sentaba a su lado en el sofá.

–¿Qué quieres decir? –preguntó Allison.

–Eh... Connor –dijo Noah.

Por el rabillo del ojo vio a Noah hacer un gesto de cortarse el cuello mientras Quentin ponía cara de sorpresa.

–Si, ¿qué quieres decir, Connor? –preguntó Liz mirando a Noah con curiosidad.

–Bueno, digamos que Noah y yo tuvimos una conversación interesante el día de la barbacoa. Algo sobre...

Noah emitió un gemido y dejó caer la cabeza hacia atrás.

–... hacerle a tu familia un favor casándome contigo –concluyó Connor.

Liz se quedó con la boca abierta al igual que Allison.

Sin dejar de mirar al techo, Noah preguntó:

–¿Qué pasó con el concepto de fraternidad? ¿Eso de que los hombres se mantienen unidos?

–Se va por la borda en el momento en que decides jactarte de ello –contestó Connor–. Además, colega, tu plan de emparejar a Allison también implicaba emparejarme a mí. Tenía que haber una recompensa.

–Noah, ¿cómo pudiste? –preguntó Allison–. No importa. Era una pregunta retórica. Te conozco desde hace treinta años. Creo que sé exactamente cómo pudiste.

Quentin se rió.

–Has tomado una buena dosis de tu propia medicina, Ally. ¿Qué se siente?

–La diferencia es que yo sabía que tú y Liz estabais hechos el uno para el otro –contestó Allison.

Quentin y Noah se miraron, pero fue Matt el que habló.

–Odio tener que decírtelo, hermana, pero Connor y tú tenías corazoncitos flotando a vuestro alrededor últimamente.

Allison se sonrojó. ¿Acaso era tan transparente?

–Bueno, estoy de acuerdo con eso –dijo Liz.

–Y no hablemos de ese amor adolescente que tenías hace años –dijo Noah.

Ignorando a su hermano, Allison se giró hacia Connor haciéndose la ofendida y dijo:

–¿Y tú, qué querías decir con eso de que tenía que haber una recompensa por intentar casarte conmigo?

Connor levantó el brazo del respaldo del sofá y le acarició el pelo.

–Sólo que sabía que si te decía cuál había sido la pequeña sugerencia de Noah, Liz y tú habrías duplicado vuestros esfuerzos para hacer que se casara y pudiera ser casi tan feliz como yo soy.

Noah y Quentin se rieron a carcajadas. Matt levantó una ceja y dijo:

–Te estás pasando, ¿no crees, Rafferty?

–Diría que Connor ya ha desarrollado la actitud apropiada para el matrimonio –dijo Quentin.

Liz asintió.

–Es bueno –dijo, y se giró hacia Noah–. No, por el contrario, espabilarás pronto, espero.

–Sí, bueno –dijo Noah–, si nos guiamos por lo que dicen las columnas de las revistas del corazón, estoy haciendo un gran trabajo saliendo con todas las que se me ponen por delante en busca de la mujer de mi vida. Hay un columnista en particular que, yo juraría, piensa que soy una mezcla entre Casanova y Rodolfo Valentino.

Allison se carcajeó y dijo:

–Me encanta.

–En cualquier caso –prosiguió Noah–. ¿Cuál es el problema? Connor ha dicho que es completamente feliz y a ti yo no recuerdo haberte visto tan feliz desde... –fingió estar pensando– desde...

Allison le tiró un cojín pero Noah lo esquivó.

Sin embargo Noah tenía razón.

Miró a Connor sabiendo que el amor estaba escrito tanto en su propia cara como en la de él.

–¿Sabes, querido hermano?, puede que estés bromeando, pero tienes toda la razón. No recuerdo haber sido tan feliz en mi vida.

Mientras Connor se acercaba en busca de un beso, Allison suspiró y cerró los ojos. Sí, el amor era algo maravilloso. Algo maravilloso que finalmente le había ocurrido a ella.